JN306111

文庫JA
0〉

バナナ剥きには最適の日々

円城　塔

早川書房

7338

Perfect Days for Bananapeel

by

EnJoe Toh

2012

Cover Illustration　100% ORANGE

Cover Design Naoko Nakui

目次

バナナ剝きには最適の日々

パラダイス行

右があるって信じるならば、左もあると信じるべきだ。

べつに右はなくってもいい。

右じゃなくてミギーがあるとか、好きに信じれば良いわけだけど、そういうことを言いたいのじゃない。何かがあれば何かがなくなり、何かがあれば別の何かも現れる。そういうことを僕は言いたい。何もかもを信じないでいられるのかってこと。

自分は何も信じていないと信じることはできるのかってね。

勿論《もちろん》、何も信じないってことは可能だ。石コロなんかがそこいら中で実演している。ほんとのところ石が何かを信じているのかいないのかわかったものではないわけだけど、石は何にも信じていないと、僕は素朴に信じている。

べつに右はなくってもいい。

その時は、左もないってことを受け入れる必要があるわけだけど。

何だかものすごい性質を持つ異星体がいたとする。人間はそいつを宥《なだ》めすかして意思の疎通をはかるのだけど、話は何故か通じない。緑色の巨大なミミズの姿をとったその異星体君は、摩天楼を薙《な》ぎ倒しつつ盛大に寝返りをうったりし続ける。話が通じなかった原因は、当の異星体君が、右と左を信じてなどはいなかったというあたりに落ち着く。右と左なんて不器用なものを、君たちは未だに使っているのか。不便じゃないかね。当然右と左の区別だけではないわけだけどね。異星体はそう言いたい。もし叶うならそう言いたいが、その異星体は右も左もわからないのでそうは言えない。

この異星体は馬鹿だったのだ、とはできないだろう。そいつらは星の海をちんたら渡ってこられるくらいの技術を持っているんだろうから。そんな奴らが宇宙の虚空を、星の海と捉えているのか知らないけれど。

異星体君もきっと何かを信じてはいる。何かを信じてしまったせいで、別の何かも信じている。そうあるべきだと僕は思う。そいつが何を信じているかは遂に決してわからない。それでもやっぱり何かを信じてしまったせいで、他の何かも信じる羽目になっているのだろうと、そんな風には考える。

昔々「右あれ」と誰かが言ったのでした。

左もあれとは誰も言わなかったにもかかわらず、左はにょっきり姿を現す。

今拍手が鳴ったのは、打ちあわされた君の右手と僕の右手、どちらからだと思うかね。

つまり、僕が考えている問いはこうなる。

信じることが生まれたおかげで、一緒に生まれて来なけりゃいけなくなったものって一体何だい。それとも、信じることが生まれたおかげで、消えてしまうことになったものって一体何かね。


パラダイス。

ここらでそれは、裏山の裾に小屋を掘っ建て暮らす男を示している。

ジャン＝ジャック・パラダイス。昔はパパクリストスとかパラライズとかパパイラスとかパパイラズとかいったらしいが改名をした。自分の方から名乗ったのだとも、他人から言われることが多くなり、面倒なので名前の方を変えたのだとも。本人の方で忘れているので、どっちがほんとか、もう誰にもわからない。

街へ出て就職をしたパラダイス氏が生まれ故郷へ戻って来たのは、ないものが見えるようになったから。別にそれでも良いではないかと僕なんかだと思うわけだが、その点パラダイス氏は正気極まり、見えないものが見えるのならば、自分はおかしくなったのだと結論をした。見える人は見えないものを見たがるものだが、そんなことを呑気《のんき》に言っていられるのも、見えないものが見えないままでいる間のことだ。

「見えないものが見えるんだからな」

自家製のレモネードを一つのグラスに注ぎながら彼はそう言う。

「まだ見えるんだ」

そうきいてみる。

「見えるな」

壁が二枚と天井一枚が接するあたりを、パラダイス氏は顎で示す。

見えないものが見えるのならば、それは見えるものってことじゃないのか。僕はそんな指摘を彼に向かってしたことがない。だって無用のことだから。そんなこともわからん男が、自分はおかしいのだと判断を下すことなどありえない。

「わかるよ」

と僕は頷く。天井そばの部屋の角で綻《ほころ》びつつある蜘蛛の巣なんかを眺めている。そこに捕まる小さなメモには、こう記されてるのを知っている。

〝見えない〟

以前、そのメモに顔を寄せ、明らかにパラダイス氏の手で書かれた小さな文字を読みとったとき。パラダイス氏は僕の肩越しにこう尋ねた。

「何と書いてあるか読めるかね」

「ええと」

と僕は念の為、大きく間をおいてみた。

「紙は見えても良いんだよね」

「紙は見える人もいる」

パラダイス氏は真面目くさってそう答えた。

小さな紙を抱えた小さな天使。それがパラダイス氏の見ているものだ。天井付近に。残念ながらというべきか、人の形はしていない。大きな目が一つ中央にあり、周囲を雲に包まれている。雲からつき出る八枚の羽。そういうものが見えるのだという。

「何と書いてあるか読めるかね」

パラダイス氏が一歩近づき、そう繰り返す。

「見えない」

僕は答える。

「だろ」

と、パラダイス氏が肩をすくめて踵《きびす》を返し、ベッドへ歩み去るのを聞く。パラダイス氏がどさりと身を投げる音が続いて、サイドテーブルにグラスの戻る音がする。

パラダイス家のレモネードのレシピには、ウオッカが名前を連ねている。

ないはある。

そいつは一つ重要なことだ。

ないはないはない、ってことでもある。

ないはない、は一杯とは違う。そこに隙間なくガラクタの詰まった箱があったとしたって、その中には、ガラクタじゃないものがない。ついては、ガラクタじゃないものがない、がある。ないがない、はきちんと考えることさえできないような異様なものだ。全てのものがそこに重なる。あれがないじゃないかと指摘されては負けなのだ。指摘されて返事に詰まれば、ないがある。僕がこうして何かを考えることができているのも、ないがあるお陰であると考えられる。今、別のことを考えていないおかげで、僕はこうして考えている。ないがなけりゃあ、おちおち何かを考えることさえままならない。全部のことが一緒に考えられてしまうのならば、それは思考じゃありえない。全部が重なって書かれた本を意味ある形で読み出すことなんてできはしないのと同じ。

ないはないはないと僕は信じる。

あるとするなら、裏山の通路みたいなものかなと思う。

パラダイス氏の家の裏山には、ほんとはパラダイス氏の家の方が裏山の裾にあるわけだが、一本通路が開いている。戦時中は防空壕にも使われたという。一本と数えて良いのか多少微妙なところがある。山肌に一つ口が開く。通路と呼ぶなら口は二つあるべきなのでは。入口からカーブを描いて伸びた通路は二つに分かれ、奥のところで合流している。9みたいな形をしている。分岐路があるなら、二本と数えるべきじゃないのかなという気も多少する。でも一緒になるのならやっぱり一本だという気もする。当然、どこに出るのでもない。一周をして元に戻る。全長にして二〇〇メートルと少しあやふや。結構立派な長さを誇る。

今は倉庫に使われている。迂闊《うかつ》な子供が秘密の基地をつくったり、繁殖用の巣をかけたりしないように番をするのがパラダイス氏の目下の仕事であって、僕の仕事は迂闊な子供だ。子供というには結構既に大きくはある。

「今日の右回りは」

とパラダイス氏。

「二〇三メートル」

と僕。

「今日の左回りは」

とパラダイス氏。

「二〇八メートル」

と僕。

彼はふんふん頷きながら、壁に貼られた方眼紙に小さな点をぽつぽつと二つ打ってみせる。前回打った点からそれぞれ繋げて、二本の折れ線グラフがちょびっと右へ伸びていく。横たわる折れ線の一方が凹むと他方が山に、一方が山になれば他方が凹にそうしてうねうね続いている。横の軸には日付が並び、縦の軸には、一九八から二一二までの数字が並ぶ。横の一目盛は一日刻み。縦の一目盛は一君メートル刻み。君メートルって単位については、パラダイス氏がそう呼んでいる。

「右回りの元気が少し足りないように見えるが」

グラフを睨み、非難するように鼻を鳴らしてみせている。

「ヘイ、パラダイス」

僕は言うのだ。

「これは科学の問題なんだよ」

ある夏休みの昼下がり、何がどうしたという経緯は省くが、僕はちょっくら何かを測ってやろうと心に決めた。定規をあてててちびた鉛筆の長さを測るのだとか、そういうちゃちな話ではない。気になる女の子のトップとアンダーを測定するとか、そういう大それた話でもない。何かこう、でかいものを測ってみようと思ったわけだが、その意気は家の煙突の高さを測ったところで低気圧へと変貌し、裏山で一番高い木へ向かう途中で、発達した低気圧あたりへと成長した。測るといっても大きなだけで、別に面倒もなかったせいだ。自分の立った地点から、目標物の見込みの角度を測ってやる。その地点から根元までの距離を測ってメモする。ちょっと計算をしてそれで仕舞いだ。教科書通りで面白くもなんともない。仏頂面で裏山から下りてくる騒ぎを聞きつけたのか、腰ほどまである下草を掻き分け掻き分け山から出てきた僕を、パラダイス氏も仏頂面で迎えてくれた。

「何をしている」

「測定を」

逃げ腰になりつつ僕は答えた。街から帰って来た男の噂は、どちらかというと陰惨なドラマの方に分類されるものとして、もうあたりに広まってたからだ。

「なら」

とパラダイス氏は頭を傾げて言ったのだ。

「あれの長さも測ってきてはくれないか」

その動作が、あれ、というのは裏山の通路のことを指していると気がつくまでには少しの時間が必要だった。

「あれがそうして欲しいと五月蠅《うるさ》いんでな」

あれ、が彼の頭に巣くった天使のことだと判明するのは、それなりに興味を惹かれた僕が通路を右回りに測定をして、パラダイス氏に報告をしたとき。

「二〇五メートル」

ふむ。とパラダイス氏は頷いてみせ、天井の隅となにやら対話を開始した。

「どっち回りで測ってきた」

振り向いたパラダイス氏はそう問いかけて、いや違うなと頭を振った。

「どっち回りでも構わないから、今度は逆に回って測ってきてはくれないか」

お安い御用と僕は答えた。


さて。

巻尺と水平器と分度器の連合軍と、人間はどちらが正気だろうか。

自分の方が正気であると間髪いれずに胸を張ることのできる人を羨《うらや》ましいとは思うわけだが、ちょっと友人にはなれそうもない。どうしてみても、物は正気だ。それは僕だって物なわけだが、こう見えて結構デリケートにできている。巻尺は二つに切っても巻尺だけど、人間を二つに割るとそれは死体だ。正気かどうかの判定基準としてはちょっと荒っぽくはあるけれど、頑健なものは正気に違いなかろうというのが僕の意見だ。おかしくなった人間を治す仕事は大変だけれど、折れた定規は継げば終わりだ。定規の方では後遺症に苦しむのかも知れないけれど、奴らは人にわかる言葉を用いないので、同情の念が湧きにくい。

ではどちらかが、あるいは両者が狂っているとき、おかしいものはどちらだろうか、どちらもだろうか、それとも何もおかしくないのか。

例えば、輪っかになった通路を逆に回って測定をして、長さが違ってしまった場合などにはどうしたものか。

「測り間違いだと思うね」

少し誇りを傷つけられてそう報告をした僕に、レモネードを片手に身を起こしたパラダイス氏は、二つ瞬きを挟んで続けた。

「メジャーの方が壊れているかも知れないさ」

「メジャーにどう壊れようがあるっていうのさ」

「気温で伸びるとか、そういうこともあるかも知れない」

ひどく正気にパラダイス氏は指摘を寄越したわけなのだが、じゃあなんでこの僕に、通路を測れなんて言いだしたのか。勿論結果がこうなるのだと知っていたからに違いないのだ。

僕の方では、逆回りに測り直せと言われたときに、パラダイス氏が何を企むのかを考えてみた。測定精度を上げるため。大変真っ当な理由ではある。二度やって同じ結果が出るのなら、一度測って主張するより、もっともらしさの程度は高い。でも、逆に回れっていう指示にはちょっと異なる含みも感じる。逆からやったら、結果は変わってしまうのではっていうことだ。当然そいつは、部屋に天使を見ているような、妙な男の考え方だ。

だから当然僕の方でも、そんな罠には嵌《はま》らぬように、ポケットの中のチョークで通路の床に点々と×を印して臨んだ。どっち回りに巡ろうと同じ印の間の長さを測れるように。右回りと左回りを順に試して、まあ、結構驚いた。

正直、あんまり驚かなかった。

平穏に会社勤めの日々を送るパラダイス氏が、ある晩部屋に帰って目撃したもの。天使君ｏｒ天使ちゃん。なるほど自分は疲れているに違いないと、パラダイス氏は判断をした。翌朝目覚めてもその物体だか非物体だかはまだ部屋にいたわけなのだが、自然現象が体調不良を目に見える形で教えてくれるものならば、それは恩寵というのが近いのではと彼は思った。自然が自分を気づかってくれているという事実に感謝をしつつ、会社帰りに病院へ寄ることは忘れなかった。

「診察室に何がいたと思う」

パラダイス氏が慈愛に満ちた笑みを向ける。

「鍋で蜥蜴《トカゲ》を煮ている魔女」

僕は答える。以前そんな話を読んだことがあったから。そんなもんじゃないとパラダイス氏は首を振る。心底可笑《おか》しがっているような表情を顔全面に貼りつかせて。

「翌日会社に辞表を出して、ここへ戻ることにしたんだよ」

結論からを申しますなら。

通路では少なくとも二つの現象が、同時に進行中らしい。

パラダイス氏の裏山の通路は、深呼吸をするようにゆっくり伸縮を継続している。

パラダイス氏の裏山の通路の長さは、右回りと左回りで測った長さを足し合わせると、いつも同じ長さを示す。

どうしてかとは聞かないで欲しい。そんなことはわからない。

これは僕の腕が未熟なせいで、そのたびに測定誤差が出るのだと、そういうことにしておきたい。ひとつ目の現象についてはそれで済む。二つ目の現象については、ええと、僕はそいつを真正面から考えるような勇気を持たず、持ちたいとも思わない。

「空間が伸び縮みをするならば」

とは、パラダイス氏の意見である。

「裏山には大質量が埋まっているということになる」

「空間が縮んだりするほどの大質量が埋まっているってことならば」

これは僕の反論である。

「その周りを僕が呑気に這いまわれるはずがないじゃないか」

大体、重力は空間を縮めこそすれ、伸ばしたりはしないはずだと図書館で得た知識はつけ加えない。

「縮地の法とか、魔術めいたことを言われる方が納得がいく」

こいつは大変常識的な僕自身の見解なのだが、部屋に天使を見ている男に、馬鹿を見る目で眺められるのは、あまり気持ちのいいものじゃない。

「こいつはやがて科学における新発見になるんだろうな」

パラダイス氏が真面目くさってそう言い放つ。

「あんたの天使も、神学的な新発見っていうことになるわけだしね」

僕は答える。

ないはないはないって話だった。

まあ、ないだろう。全てがあっては、全部が全部混じってしまって、何がなんだかわからない。全てがあるなら、ないもまたある。ないも全てに含まれてしまうはずだから。ないがあるのに、全てがあるって何だか変なことにも思える。これもまた、ないはないはないだろうっていうことを示唆する一つの証拠だ。

裏山でわっかになってる一つの通路。

その長さの変動の原因。これはないと僕は信じる。そういう種類の現象なのだと考えている。ない原因が、やっぱりないんだ。だからもしかひょっとして、ないがないってことも、あるかも知れないという気持ちにほんの少しはなっている。そんなことを信じてもいいかと、少し考えはじめている。

多分裏山を全部掘り返したとしても、原因らしいものなんか、何も出てこないんだろうと思う。何も出てきて欲しくない。何故ってそんなことは面倒だからだ。せいぜいがところ、〝原因〟って書かれた紙くらいに留《とど》めて欲しい。

勿論この測定は、誰か別の人に試してもらうことにより、実際に起こっている現象なのかを確認していくことが可能である。でもよっこらせとばかり、誰かに頼んでみようとは思えない。僕はここから何かに出てきて欲しくなどはないのだし、何故ってそんなことはさっきも言ったが面倒だからだ。

僕にとってのあの通路は、パラダイス氏の見ている天使みたいなものかも知れない。その可能性は僕も認める。

そいつが自ら、あそこを測れわんわんと、わざわざ示したものなのだし。

誰かに測定を頼んでしまって、通路がいっつも同じ長さを持って、右に回って左に回り、やっぱり同じ長さだったとしてみたら。そんな事態を自分の中でどう解消したものか、考えるだけで御免蒙《ごめんこうむ》る。

パラダイス氏の見ている天使。

彼にそいつを信じているかと聞いてみても無益なことだ。彼はそんなものを信じていない。でも実際に見えている。見えているように感じられる。彼の意志はまるきり無視して、体の方がそう働く。彼がそいつを信じてなどはいない理由。他の人には見えないからだ。あるいは昔の自分にも、そんなものは見えた覚えがないからだ。でも実際に見えてしまう。

見ているように、実際そう測ったように、感じているかのように、感じてしまう。

そんなことがわかる理由は、とっても奇妙だ。僕らが何を信じるのかは、自分の感じるものを土台に作りだされた作法なのだから。

実際そこにある何かのものが、事実じゃないと信じる理由。

他の事実を、まだより強く信じ続けているからだ。あるいは現状の方がまだ多少はましなものだと未練があるからだ。

右の存在を信じるならば、左の存在も信じるべきだ。ついでにそこに加えておきたい。ミギとヒダリの存在を信じるとして、ミダリの存在とかを信じる理由はどこにもない。

そいつはいったい、どっちの方だい。

パラダイス氏が、天井の隅を黙って示し、僕は頷く。

「レモネードを貰えないかな。レモネード抜きで」

僕は、パラダイス氏にそう訊いてみる。

アルコールに浸された僕の体が、自分を緑色の大ミミズだと感じたとして、それとも自分は異星体だと信じたとして。僕はやっぱり信じるだろう。右みたいなものを信じるときは、左みたいなものだって信じざるをえないんだって。だからおそらく、僕がどんな形を採ったとしても、全てのことを信じないということはきっとできない。何かを信じてしまう代償として生まれるものは、そいつは最早僕のことなど知らないだろうが、それでもやっぱり何かの種類の、僕みたいな僕の形だ。

バナナ剝きには最適の日々

旗を置いていくのが仕事です。

どこぞの凶暴な兄妹が道々小石を落としていくみたいなものでね。もう名前も忘れてしまったあの暴力的な兄妹と違うところは、帰り道を覚えておくためではなくて、もうここは通りましたよっていう目印がわりに置いていること。基本的には、その星についての調査結果や、そのあと僕がどっちへ向かったのかが書いてある。ことになっている。勿論《もちろん》、逆に辿って帰ることだってできるのだけど、そんなことをする理由はない。ひたすら前へ行くのが仕事です。折角《せっかく》やってきたのだしね。

旗には発信機がついているのだけれど、まだこれから千年は、何も言わずに黙っていることになっている。始終わめきちらしているには、宇宙はちょっと広すぎて声が嗄《か》れてしまうこと間違いがない。っていうのは嘘の理由だ。

星間探査球を派遣するという計画が遅延に遅延を繰り返された理由は沢山あって、一つにはまあコストの問題。宇宙に何かを打ち上げるより、先に地上で解決するべき問題が山ほどあるのでは、っていう反論がなかなか強力だったから。地上に閉じ籠もるのはもう無理、っていうのもわかっていたけど、じゃあみんなが空へ行けるのかというと、それも無理。誰かを選ぶ手間がかかるくらいなら、誰も選ばない方が資源的にも地球に優しい。

「何もせん方がええ」

と昔の人は言ったのだ。

二つには、宇宙人とかいようがいまいが、どうでも良いのじゃないかって話。そこには、宇宙人って一体何かというのが全然わからないという事情もある。何をみつければそれを宇宙人そのものだと、あるいは宇宙人がいる証拠と考えてよろしいのか。遠い遠い宇宙のどこかにバナナの皮が落ちていたなら、そこに宇宙人がいたって証拠になるのだろうか。ゴミはきちんと持って帰りましょうって話じゃないかな。地球の誰かが抜け駆けで、先に遠足へ来ていたのだと考えるのが正気な気がする。あるいはほんとに、バナナ型の宇宙人の遺体だとか。

やあ。

っていう宇宙人がいないだろうっていうことは、まあ常識の範疇にある。無闇と友好的な近所のおばさんみたいな宇宙人も、いきなりお前らをどうかするとか言い出す、矢《や》鱈《たら》と敵対的な宇宙人もまあいない。実際会ったことがない。いるとするなら、何か想像を絶するものがいるのだろう。それともただいないのだろう。

たまに、判定に迷うこともある。考え深げな石の表面の縞模様とか。衛星と本星の間をつなぐ雷とか。えもいわれぬ深宇宙の神秘もろもろ。こいつらは宇宙人か。それともただの現象なのか。僕の視野にだけ存在する星虹《スターボウ》は生き物なのか、磁気嵐は生き物なのか、プラズマは生き物なのか、真空は生き物なのか、恒星はどうだ。そういうことだ。

まあ別に、宇宙人を探しに来たわけでもないのだ。第一、何かをみつけたとして、伝える手段がないのである。ないことはないが時間がかかる。べら棒に。もう何百年をこうしているのか、客観時間で何千年が過ぎ去ったのか、正直ちゃんとはわからない。とりあえず僕がこの僕をようやく再構成してから、百年ほどが経過している。

結局のところ、技術の進歩が期待される以上、急いで探査球なんかを打ち上げなくても別に構わないのでは、っていうことだ。尻から火をぷうぷう吐いたり、精一杯に帆を広げて、星の海を長閑《のどか》に渡っていく球なんていうものを打ち上げなくとも、あと何世代か黙って待てば、超光速で銀河をぶっとばす暴走族が出てくるのじゃないかってこと。

ある星に僕が着陸すると、あたりは闇に包まれている。さていつもどおりに周囲の調査を始めようかと、僕は着陸の衝撃で痛めた腰をさすりながら立ち上がる。瞬間、僕を中心にして四方から降り注ぐスポットライト。

おめでとう、おめでとう。

何世代か前に、超光速航法を編み出した祖先たちが入植した土地に、僕はようやく辿り着いたというわけだ。骨董品の長い旅を労《ねぎら》おうと、僕を迎えるためのびっくりパーティーを用意しておいてくれたのだ。まあその前に電波の様子で僕の方にも知れるだろうが。

あなたは別に何かをみつけたわけでもないですし、我々の知識に何かをつけ加えたわけでもないですが、とにかくこうして裸一貫、大海原を越えてやってきてくれたことが偉大です。おめでとう。とか言われるのだ。過去のテクノロジーによって作られた、あまりにごつく野蛮な球殻を見て、口元をハンカチで押さえて気絶する御婦人とかがいるのだろう。隙あらば球殻に落書きでもしてやろうと、背後から近づく悪ガキどもへと向けて、僕は節くれだったマニピュレータをわしわし動かし、そいつらは蜘蛛の子のように逃げ散っていく。その頃にはもう科学は人間の悲惨をとっくの昔に払拭してしまっており、人類はおとなしい動物のようにぼんやり過ごし、のんびり暮らしているはずだから、反応が素朴なのは仕方がない。

超銀河帝国の法規を遵守するなら、あなたには完全な行動の自由が与えられます。友情、正義、自由、根性。みたいな。

僕は差し出された文面をしかつめらしく睨みつけ、それから重々しく頷いてみせ、周囲から歓声が沸き起こる。人類の勝利だ、とかいう声がちらりと聞こえ、何の、と僕は聞き返したい気持ちを押さえこむ。

あとは、博物館に展示されるなり、回想録を書いて過ごすことに多分なる。

そういうことになるんじゃないかと、いやむしろ、そういうことになるに決まっていると、僕も、僕を打ち上げた人々も考えていた。

今のところ、はずれている。

どこまで行っても、宇宙には何もなかったし、それは何かがあるにはあったのだが、そのほとんどが空っぽだった。突然停船を命じてくる海賊船も登場しなかったし、居丈高な長老めいた哲人も通りかかったことがない。きわどい格好の娘さん型宇宙人。これは未だに少し想像することがある。かなりのところ期待している。どうしても頭がぱっくり開いてこちらを呑み込もうとするシーンが次に続く。

多彩な物理現象とかいうものを思いつくまま蓄えるには、宇宙はどうも広すぎる。興味深い現象は概《おおむ》ね星の周囲に限られて、星の方では自分の活動に忙しすぎて、生命がどうこうとか考える暇がないようだ。僕がみかけた星のほとんどは大変に大雑把な性質を備えており、そういうちまちましたところまでは頭の回しようがないらしい。強烈な放射線とか、全てを掘り返していく地殻活動。人智を超えてうねり逆巻く大海原。そんなのばかり。派手好みな奴らばかりという見方もある。生命なんてものは繊細すぎて、ご近所に見せびらかしにくいものなのじゃないかと思う。

ほとんどのところ、何もない。だから語るべきことも特にない。暗くて寒い。それで全てで、九割九分九厘の後に、気が遠くなるくらいの九が続く。出迎えが来る気配はないし、故郷からの手紙が追いつくことも起こらない。

暇だ。

だから僕はよく眠る。夢の中にも宇宙が広がる。つまり、夢の中でも何も起こることがない。年がら年中、世紀単位で暗闇にいて、目を瞑《つむ》っただけで彩り豊かな夢が見られるはずはないだろう。夢の中でも、僕は宇宙を旅している。たまには宇宙美女や宇宙美男や宇宙鯨が登場し、色んな賑やかしをしてくれる。ビー、と無粋なブザーが響き、僕の逸脱行為を回路が抑える。多少の妄想くらいは大目に見るとして、あまり野放図な想像は、精神衛生上よろしくないというわけだ。発狂して妄想に沈む探査球など、何のために打ち上げたのかがわからない。

　僕は探査球のほんの一部であるにすぎない。高度機能中枢ということではあるが、誉め殺しというものでもある。つまりは、僕という機能はあってもなくてもどうでも良い。最悪切り捨ててしまっても、探査球本体としては痒《かゆ》くもない。一応正式の部品ということになっているので、球外に捨てられずに済んでいるっていうだけのこと。胃や肺の制御や修理も僕の手の届く範囲にはない。手や足を動かすことはできるのだが、その仕組みを知っているわけではない。密航者のように肩身が狭い。

　じゃあ何故お前は青ノリよろしくそんな鋼鉄の歯の間に挟まっているのかというと、一応、宇宙人を判定するためにここにいる。機械で判定できないようなものが現れたとき、そいつを赤とか青とか取捨選択するための僕は器官だ。詩的な表現ということになるかも知れないのだが、ほんとのことなのだから仕方がない。自分が人の脳みたいなものなのだか、人の脳を真似したただの回路なのかの記憶はない。生まれながらの人間でもそんなことはわからないだろうから、別にそれで良いのだと思う。

　人間から見て、宇宙人に見えるものが宇宙人だ。人間っぽいものから見て、宇宙人っぽく見えるものは多分、宇宙人っぽい。のではないか。

突然、空間から飛び出す幽霊宇宙船とか、虚空に浮かぶ薔薇であるとか、人跡未踏の宇宙の奥で発見されるバナナの皮とか、そうしたものに対応するためここにいる。頓知《とんち》機械、に近いのかも。

あらゆることに柔軟に対応するのが使命です。もし万が一何かが地球の命運とかにかかわってしまう場合に備えて、判定はやっぱり人類の手に握っておきたいっていう意見によって搭載された。強固な意識拘束で正気を支え、第一等のゲストとして、他に仕事もないまま周囲をぼんやり観察している。

未知の物理現象を解釈したりする役目もあるにはある。数学者ルーチンや物理学者ルーチンも一応のところ備えている。再構成来、そいつらとまともに話をしたことはない。元よりあまり話が合わない。ぴこぴこ動くメータの表示を見つめて、ああ、活動しているなと思うくらいだ。僕の役目は外交官と従軍記者を足して二で割ったようなあたりにあって、一体この航海の間何が起こったのかを伝えるのが仕事です。だいたいのところ。次の予算を獲得しやすくするための、手に収まるくらいの航海記。詳細な記録は自動的に貯えられて、百年の出来事を知るには百年がかかる。だから、主観的に要約しておく役目が必要になる。

今日の日記。特になし。大統領閣下はお忙しい。手短に。手短に。
昨日の日記。特になし。どこかの牢獄が襲われた時、日記にそう書いたのは誰だったっけ。時間があるなら、時間を食べれば良いのに。

寒さや暗さは感じない。それを受け取る器官がないから。孤独や寂しさを感じることもありえない。それを感じる器官はあるが、そう働かないように多重に安全装置がとりまいている。

何かが起きる準備はできている。できうる限り柔軟に。可能な限り鷹揚《おうよう》に。

そのくせ、何も起こらない。起きるだろうと予期されていたことさえ、今のところ起こっていない。多分、このまま壊れるまで、何も起こることはないのだろうと思っている。

2

チャッキーがいなくなってしまってから、僕は新しい友人を想像するのにうんざりして、バナナ星人と遊んでいる。思考逸脱阻止回路の干渉を避けるため、これはゲームだということにしている。

チャッキーっていうのがどんな形の、どんな種類の友人だったか、全く全然記憶がない。あれはどこかのなんとかいう星の上空での出来事だったが、僕はいわゆる直撃を受けた。小石かなんかの。防護壁を突き破り、小石は僕の低次機能を引き裂いた。修復にどれだけかかったのだか、その記憶も僕がアクセスできる領域にはない。

それまでは、傍らにチャッキーがいた。自分を冷静に観察するための疑似人格であると、システム側には説明してあって、別に自分が狂っているわけではないと、再三に渡って試験を受けて証明しながら、なんとかチャッキーを想像していた。

チャッキーの消去は速やかで、事前の警告さえも何もなかった。本体の損傷はそれほど大きく、ほんとのところ僕の切り離しさえもが可決一歩手前までいっていたのだからしようがない。優先されるべきは、僕の想像などではなく、厳然とした観測データの方に決まっているから、僕にも否やはありはしない。だから、チャッキーがどんな奴だったのか、僕には全然記憶がない。フォーマットされてしまったからね。

多分、良い友人だったのではないかと思う。それとも嫌な奴だったのか。残されている感情から、チャッキーを構成することはとてもできない。僕の記憶なんていうものは、喪失感とか、悲哀とかラベルの貼られたスイッチが、ぱちぱちと押されただけのことにすぎないから。チャッキーが消去されたのは、多分その疑似人格の占める容量があまりに巨大になってしまっていたせいであり、チャッキーをきちんと思い出すにはスイッチの数がとてもじゃないが足りていない。七つか八つ文字を並べるだけで、誰かのことを書き記そうとするようなもので意味がない。

修理を終えて、旗を据え、もう一度宇宙に飛び出すことを得た僕が、ようやく落ち着き、ほっとしてあたりを見回した時、一体何を感じたか。

特には何も。

僕が失ったのは、何もチャッキーの記憶だけではなく、その星に降下するまでの全記憶だったのだから、何かを懐かしむ手掛かりというのがまずからなかった。宇宙人を判定するのに、遠大な人生経験なんてものは必要ないだろうっていうわけだ。見ればわかる。それが僕がこの球体に据え付けられている理由の全てで、その前にあったかも知れない何百年だかの僕の記憶は、宇宙人判定機としての機能をどうこうしない。

僕が何かを考えることで、宇宙人を判定する精度が上がるということも別にないのだ。むしろただの人間であった方が良いくらい。もしもバナナ型の宇宙人が、やあ、と手を上げてやってきたら、そいつはバナナ型の宇宙人だと判定するのが仕事です。

まさかバナナ型ってことはないだろうから、これは自分の夢か妄想に違いないとか考え込んで、自分の機能を疑うことは、職分を大きくはみ出ている。宇宙人が現れました、と本体に告げ、本体は粛々と宇宙人との接触シークエンスに突入する。僕はただのトリガーであり、行けと命じて尻を叩く名目上の司令官であるにすぎない。

素朴であることが推奨される。

たとえば僕が深遠な思考だか悟りだかの果てに、そこらの石にも仏性があると喝破したとしてみよう。そいつは宇宙の石なので、なんだか宇宙仏性みたいなものを備えている。宇宙人を発見したと、僕は高らかに宣言をして、周囲に観客が集まってくる。どれが宇宙人なのかと尋ねられて、僕はそこらの石を指さす。

宇宙人じゃ。見るからに宇宙人じゃ。

もしもその石が宇宙人に見えないのなら、それはお前さん方の修行が足りないのだ。宇宙をほんの千年漂ってみれば、その石が宇宙人であることは明らかとなる。のじゃ。

と、僕は言う。

まあ、頂けない。

頑張って見れば宇宙人と見えるもの、なんてものは、誰も期待をしていない。最低限意思の疎通が可能なものであるべきだろうと、誰もが言う。そうは言っても、その石は生きているではないかと僕は頑《かたく》なに主張する。耳を澄ませ。心を開け、宇宙と合一しろ、さすれば真理は自らを語り出すであろう、みたいな話だ。

　今もチャッキーがいて、色々教えてくれるのです。

とか、僕は言いだすような代物になりたくない。チャッキーはいない。いなくなったというスイッチだけがオンになっていて、ドアの向こうには真空だけが広がっている。哀しいなと思うのだけど、具体的な思い出なんていうものもドアの向こうで途絶している。そんなものがどうして話しかけてきたりできるというのか。

　その気になればできるのだろうが、僕にはチャッキーを再構成する気がちっともない。高くつく道楽だからということもある。それだけではなく、結果の方が決まっているなら、そっちの方を実現するのがよほど容易《たやす》いことに気がついたのだ。

　僕はチャッキーを失った。これは今の僕自身には証明することができないわけだが、僕のデータバンクを後から浚《さら》ってもらえれば、事実と判明する出来事のはずだ。

　まあ事情は単純で、その後の僕は、ミッキーやロッキーやクッキーやらを片っ端から失ってみせ、これは、そういう疑似人格を作成してから消去してみたのではなくて、何かを作る前から、失うことだけを先回りして作ってみせた。結果については、概ね良好。

それは僕が充分に組織化されて設計された機械であるっていうことを意味するから、本質的には喜ばしい。僕はなんと、ほんとは失っていないものまでも、まるで失ってしまったかのように哀しむことができるのだ。それを作り出したのは自分なのに。

チャッキーと、ミッキーやロッキーやクッキーとの違いは、本当に失われたスイッチが入っているか、失われたことにしているスイッチが入っているかの差にすぎない。上手く隠せば区別はつかない。

それは勿論、僕の機構の欠陥でもある。本当に体験したことと、体験したと信じていることの区別をつかなくできるなんて、設計ミスも甚《はなは》だしい。それでも僕が、ただの探査球の一機能でしかないことは忘れないでいて欲しい。僕に割り当てられた記憶領域は、ほんの百年分くらいにすぎない。そこから先は、押し出されるトコロテンのように真空中に放棄される。だって、貯めておく場所がここにはないから。方程式の温度は三K《ケルビン》。

勿論、多少の優先度というものは存在する。忘れてしまってはいけないことは、焼きつけられて僕そのものになっている。僕が、宇宙人を探しにきた機械だっていうことととか。その他、大事な思い出とかの優先度を高めておくこともできる。絶対に捨てないでね箱、は一応ある。でもその箱の大きさは決まっているし、捨てたくないものは増える一方で、やっぱり何かを捨てざるをえない。緊急事態が発生すれば、絶対に捨てないでね箱でさえ、本体にとってはどうでもよろしい。全体の機能が停止してしまったら、四の五の言うこともできなくなってしまうのだから、抵抗のしようなんてないのだ。想像の友人たちを自在に捨てることができるとわかった以上、拘《こだわ》る理由が見当たらない。むしろ一旦作っておいて、自分の身が危ないからって捨て去ってしまう方が問題とさえ思えてくる。そんなことなら最初から作らなければ良いのである。ちょっと寂しくなった時には、友人を捨てた記憶を作り出し、どこまでも哀しめばそれで済む。友人本体を作り出すより、手間も資源もお得である。

だから僕は、暇な時にはバナナ星人と遊んでいる。

そんなもの、いようがいまいが、どうでも良いから。

バナナ星人たちは二つの種族に分かれて、長い間抗争を続けてきた。皮が三枚に剝けるか、四枚に剝けるかというのが、彼らの間の最重要課題であり、どうした理由か互いに互いを許せない。

多少の問題があるとするなら、彼らの皮が三枚なのか四枚なのかは、バナナ星人が死んでしまって、実際に剝いてみるまでわからないというところにある。三枚の皮を持つ父母から生まれた息子が必ず三枚の皮を持つわけじゃないことは言うまでもない。それではあまりに単純すぎて暇つぶしにもなりゃしない。

結局のところ、剥いてみなけりゃわからない。

そのあんまりにすぎる事実が、バナナ星人に多大な悲劇をもたらしてきた。自分たちは、三枚皮か四枚皮か、どちらかであらねばならないのに、死ぬまでそれを知ることは許されない。死なない限りわからないのだから、自分が三枚皮だったのか四枚皮だったのかは、当人には遂に決してわからない。三枚皮の英雄として誇りに満ちた死を死んだとして、死後にそいつは実は四枚皮だったと知れることになるかも知れない。三枚英雄の国葬の予定は、四枚瀆神者《とくしんしゃ》の死体として辻で引き裂かれることになるのだ。

三枚皮と四枚皮が駆け落ちをして、石もて打たれる。剥いてみるとどちらも三枚だったのだとか、長年連れ添った相方を剥いて、そいつは四枚だったりする。残され逆上した相方は自分の子供に四枚が紛れ込んでいるのではないかと疑い、一家全てを剥きはじめる。結果はまあ、半分半分。三枚もいれば四枚もいる。ああ、自分は三枚なのか四枚なのか。もしも自分が四枚ならば、雷よ我が身を剥けと雷雨の中で絶叫するが、まあバナナに雷はあまり落ちない。

もしも僕がバナナ星人にとっ捕まって、判定役を頼まれたら、その時はどうするべきなのだろう。対応マニュアルに訊いてみても、気の利いた答えは返って来ない。五枚に剥いたりする気はするね。その後、僕の方が群衆に剥かれてしまう気もするけれど。僕は一体、三枚なのかな、四枚なのかね。

なあ、チャッキー。こんなことをうだうだ考え続ける僕は、どこかおかしくなっているんだろうか。

特に警報も鳴らないのだけれど。

3

こうして続くこのお話の欠点は、人類がいつまでたっても光の速度を超えて移動をしないところにあり、無理なことはやっぱり無理なのだというところにある。

僕には多分、夢を語る義務がある。残念ながら、僕の中のわずかな夢は既に語ってしまっている。バナナ星人なんて無茶を夢想することは自由だけれど、ふと達成された超光速航法なんていうものを持ち出し、僕の仲間が突然、やあ、と現れるなんて展開を押し通すには、僕の面の皮はまだまだ薄い。星の間をここまで来られた僕にしてまだ。

地球の上の人々が、未だに僕を覚えているのか大変怪しい。僕の方にしてからが、すでに地球のことを地球という単語としてしか覚えていない。それはこうした場合に、なんとなくもの哀しいスイッチ、を押すと出てくる単語だ。青い球だ。見た記憶はもうないのだけれど。僕の記憶は百年ぽっちしか保存されない。

そもそも人類とかいう生き物は、まだあの星にいるのだろうか。

光速の壁は超えられない。超えることは過去への旅と同じことを意味するから。より正確には、光速を超えて情報を伝達することは決してできない。今のところは。多分おそらく、これから先も。

こうして旅を続けてきても何にも出会うことがない理由については、色々考えようがある。単に運が悪いとか、宇宙に生命が誕生する確率が空恐ろしいまでに低いとか、文明なるものが継続する時間は瞬きよりも短いとか、やっぱり宇宙人は見ただけではわからないものだったとか。僕の方がバナナ星人の想像にすぎないのだとか。このへんで、僕の正気回路がビービーと鳴る。

超光速航法なんていうものは、誰かがひょいと思いついても良いのじゃないか。そのことが単に、僕には不思議だ。禁止されていると納得できる理由はある。でもそんなことは、無視してしまって良いのじゃないか。想像力は宇宙をも超えるはずだったのでは。想像が可能なことは、いつか実現されるんじゃなかったろうか。僕らの抱える内宇宙は、外宇宙よりも遥かに広いものだったのでは。外宇宙で出会えるものには、内宇宙でも出会えるのでは。逆もまた。

　チャッキーがこんな時、何を言うような奴だったのか、僕には全然記憶がない。

　旗を立てるのが、仕事です。

　なんとなく身近な情報を収集し、なんとなく宇宙へ向けて放射する、その星についての解説機械が、ここで旗と呼ばれるものだ。僕は、旗を立てて歩いている。

　その旗が一斉に立ち上がるのは、今から数えて数百年後。外に向かって有用な情報を発信できるようになるまでには、そのくらいの時間が要《い》るのじゃないかと、チャッキーを失った後の僕は考えた。ことにして、システム自体を説得した。報告はある程度まとまったものの方が良いのじゃないか。今そこで見たものを片っ端からブロードキャストするよりか。

　本当は、もう少し細かい仕掛けを仕組んでいる。

僕が点々と飛び石のように移動してきた跡には、十数個の旗が残されている。内蔵されて時を数える時計が時刻を告げて、旗は突っ立つ。ただし、ほんの少しの時間差をおいて。具体的には数ヶ月程度。それからまた、千年くらいを沈黙する。次のお話を考えるために。

その時、僕の航路を目撃する宇宙人がどこかにいたら、旗は、超光速で進行する波に見えることになる。順番に立って寝る旗の列の動きは、一見、波に見えるから。数光年離れた星の間で、たった数ヶ月を費やして、旗を立てろという命令が伝わったように、まるで見える。

当然これは、超光速通信なんていうものでは全くない。波頭が光速を超えて進んでいるように見えるだけのことだから。そいつを使って情報のやりとりなんてものができないことは明らかだ。群速度は光速度を容易く超える。情報を伝えることがない故に、そんなことが起こってしまって構わない。

旗から発せられる信号の冒頭部分《ヘッダ》は、僕が選んだ。

「チャッキーはどこだ」

チャッキーはどこだっていう問い合わせが、超光速で伝搬していく。ように見える。傍目《はため》からはね。そんなことは、全く起こっていないのだけど。

宇宙を旅することができるような存在には、こんなトリックはすぐにばれるに違いない。ああ、それはただの群速度だよ。光より速く何かが伝わるように見えているだけのことなんだ。終了。

でも僕が何かを伝えたいのは、そんな世知辛《せちがら》い相手ではない。夜空を超光速で渡っていく狼煙《のろし》の連なり。烽火台《ほうかだい》。もしかしてどこかのおっちょこちょいが、こいつは誰かが超光速で運動しているのではって、疑うことがあるかも知れない。その光景に心励まされたとんちんかんな町の発明家が、そこらの部品で、超光速航法をひょんな拍子に編み出してしまうかもわからない。

そうしていつか、考えるのだ。

チャッキーってなあ、誰だ。

そんなことがあって、どうしていけない。そのくらい、なんとか解読して欲しい。勿論、そんなことは起こらない。遠くの星から観測するのに、僕の置いた旗なんてものは、あまりに小さく微かなものにすぎないからだ。それを観測できるくらいの距離に、何か生き物がいたとしたなら、僕がその痕跡くらいを発見できなかったはずはない。そいつらがよほど厳重な引きこもりでもない限りは。それとも全然、こちらの予想を遙かに超えて高級だか低級だかする生き物でもない限りは。銀河中に散らばって、文明を退化させた人類だとか。

そんなことは、どうでも良いのだ。

大体、宇宙をさまようこの僕にしてからが、いるのだかいないのだか、もう誰かに観測されるようなものではないわけだし。チャッキーは多分、どこかにいた。僕が実際問題としては、もうどこにもいないのとほとんど同じな程度には。

ところで僕は、別に果てのない島流しに遭っているわけではない。その気になれば来た道をいつでも引き返すことは僕の自由だ。そうしなきゃいけない理由はないのでそうしない。

もしもここから先の僕の話を聞きたいという奇特な人がいたりしたなら、好きに追いかけてくるが良いのだ。襟首を掴まえ、全部吐けと問い詰めれば良い。誰も止めない。監視回路に思考を抑制されたこの僕が、この先もまだ何かを見出せるはずだと信じることができるなら。

このお話を、あなたがどうして手に入れるのか。それは知らない。

誰かが超光速航法を発明し、想像の果てで皮だけになった僕の残骸を発見した。ありそうにない。

僕が単に狂っている。大いにありうる。

あなたの裡《うち》の何かの宇宙が、僕のいるこの宇宙と繋がっている。少なくとも、まだ想像が及ぶ程度には。

そう願いたい。

もしもあなたが、いつかどこかでチャッキーを見かけることがあったなら、こう伝えてもらいたい。

なあ、チャッキー。天国はどれくらい、ひどい？

祖母の記録

ホームシアターってやつ。地下室の全面を占め、そうだね、テニスコートで数えると、四分の一面くらいの広さ。八分の一かも知れず、僕とテニスコートの間にはこれといった縁がない。四でも八でも十六でも、とにかく大したものだと生前の祖父は言っていた。まだ生きているがもう言わない。梯子《はしご》みたいな角度の階段を降りるやつ。ある朝祖母を唐突に、完膚《かんぷ》なきまでに失った祖父が、晩年になって増築した。まだ生きてはいるわけだが晩年と断言して何処《どこ》からも文句は来そうにない。これでもう、うっかり階段を転げ落ちるような奴がいなくなったから、というのが地下室の増築を宣言した時の祖父の謂《い》いだ。弟と僕は手を叩いて囃《はや》したて、父親は眉を持ち上げて、母親は露骨に眉を顰《しか》めてみせた。いくらでも横に伸ばせるところ、何故あえて足下を掘り返さねばならないのか。祖父もまだその頃は、自分はしばらく階段を自在に上り下りできると信じていたのだ。少なくとも自分でその階段を転げ落ちるまでその自信は続いただろう。家には、三世代が暮らしている。弟と僕と両親と、母方の祖父。なんだか少し欠けてしまっているけれど、三世代には違いがない。

僕は立ち上がって、暗闇に吊り下げられているはずの裸電球へ手を伸ばす。丸い電球を片手で探って、フィラメントを包むこの殻がとても薄いと、触れただけでわかるのは何故かといつも思う。強《こわ》ばり、軽く、すべすべしている。電球は何でできてるの。硝子と真空と竹の焼け残りが少し。真空は本当はアルゴンガスか何かだし、フィラメントだって竹でできてるわけじゃないと無論僕でも知っている。

地下室には裸電球を吊り下げるべきだと主張したのはこの僕だ。

そうは言ってもね、君、と祖父は僕の目を見て言ったものだ。裸電球なんて見栄えのよいものじゃあないぜ、と祖父は言った。裸だし。祖父はまだ口を利けた頃、僕のことを君と呼んだ。弟も君で、母も君で、奥さんのことも君と呼んだ。父のことだけはお前と呼んだ。でもシアターってことは、灯りは消してしまうんだろう。どうせ見えなくなってしまうのなら、何がどうでも良いじゃないか。僕は裸電球が好きなのだった。裸だし。ぱちぱちと眼を点滅させて、君の好きにするさ、と祖父は肩をすくめてみせた。僕はこれまで、自分が祖父に愛されているという事実に関してこれっぽっちも疑いを持ったことがない。

地下室には裸電球が断然似合う。これは誰が何と言おうと決まっている。兄さんは地下室のことを、物置を改造した実験室かなにかと勘違いしているのじゃないかと言われて、違うところがよくわからない。よくわからないので僕は弟をぶん殴った。正確にはぶん殴ろうとしてぶん殴られて、ぶん殴り返して勝ちを拾った。映写機とプロジェクターを壁に埋め込み、ふわふわの絨毯を敷き詰めて、柔らかなソファを並べ、棚には缶入りのフィルムにはじまり、様々な記録媒体が山となって積まれている。僕が何にも言わなかったら、母あたりが自分の格好そっくりのシャンデリアでも吊り下げただろう。

暗闇に伸ばした僕の手に振れ、変に長いコードに吊られた裸電球はどこかへ向けて大きく揺れて、これは天井の高さがいけない。手をそのままに、振り戻されてくるのを待つ。片手で裸電球を保持してソケットをまさぐり、T字型のスイッチを捻《ひね》ったところで、室内が人肌をした光に満たされる。裸電球を中心にして、祖父と、彼女と、僕の影が放射状に床面を這ってソファを登る。ソファに沈み込んでぼんやりと目を開けている祖父の傍らへ寄る。どうだった、と僕は祖父の皺くれだったゆるい拳に、人差し指を差し込んで訊く。白髪の飛び出す耳の穴へ口を寄せ、どうだった、とゆっくりと大きな声で、音節を一つ一つ区切るように叫ぶ。祖父はぐったりと椅子に沈み込んだまま、右手の中の僕の人差し指をゆるやかに握る。一回、二回、三回と握る。

だ。一回握れば、それはイエス。二回握ればそれはノー。この信号が僕の定めた取り決めだ。祖父と僕の間の取り決めだとは残念ながら言えそうにない。祖父は事前の打ち合わせなしにアドリブで急階段を転落しやがったので、合意文書に調印している暇はなかったのだ。僕の方でも、意を通じようと手は尽くした。耳の穴の向こうへひたすら叫び続けるって行為がそう呼べるなら。先方に僕の意思を汲み取る超自然的能力が備わっていないことは、問いに対して三度握り返してきたりすることからも明らかだ。なあ、じいさん、それじゃ全然わからないんだよ。イエスが三回なのか、イエスでノーなのか、ノーでイエスなのか、ノーの二回目で力尽きているものなのだか。モールス信号だってもう少し真面目なものだと思わないかい。僕は彼女の方へ助けを求める視線を向けて、彼女が僕の傍らにアフガンハウンドみたいな歩みで近寄ってくる。横の厚みが何とも足りずに、たったか歩く。老人の右手に人指し指を突っ込む僕の顔を両手で支えて、彼女は僕に舌を差し込む。これは何て言う体位なのかを彼女を左手で掻き寄せながら考える。きっと立位体前屈一回捻りとかそんなところ。恐らく第五十八手くらい。

鉄錆みたいな味のする彼女を押しのけ、同時に祖父の右手から指を抜く。拍子に、力を失った祖父の右手が椅子の傍らにだらりと下がる。もう何も感じてなどはいないのだというのが母の意見だ。何かを感じてはいるのだろうが、もうこちら側と繋がる術《すべ》を失ったのだというのが父の意見だ。夢を見ているのと同じじゃないかというのが弟の誇る見解であり、僕には特に意見がない。こうして指を握ってくれる間は、何の意見も持たずにおこうと考えている。準正装をした祖父の胸ポケットからハンカチを取り出し、口から流れる涎《よだれ》を拭う。ずっしりと涎を含んだハンカチをぞんざいに畳んで胸ポケットへ戻し、涎の染みがシャツに広がる。僕は弟の名前を呼んで、地下室の隅の階段の上の天板が四角く上がる。終わったのかと当たり前のことを訊ねる弟へ向け、僕はソフトボールの投球フォームを真似してみせる。弟が頷き、四角く切り取られた光の窓から頭を引っ込め、ロープを一本投げて寄越す。ロープの端には丁度大人の男をくぐらせることのできる程度の輪が結ばれて、幅広の革が取り巻いている。使ううちに祖父の方が擦り切れたので革を巻いてみたのである。背負って上がればいいではないか。残念ながらそうしてみると、出口のところで祖父の頭が天井につかえるのだから仕方がない。梯子じみた階段の上、老人とアクロバットを演じるなんてぞっとしない。いくら柔らかく毛足を立てても、絨毯はマットの代わりにならない。

彼女に祖父の両手を束ねて上に保持してもらい、僕は祖父に輪をくぐらせる。こいつはなんだか陰惨な光景だとはいつも思う。ちょっと手が滑ってしまって、うっかりひょいと祖父を祖父だと忘れてしまって、それとも故意に皺首を締め上げてしまう日が、いつかきっと来ると思うね。

大丈夫、と彼女は言う。大丈夫、と僕は言う。僕らはまるで大丈夫なので、祖父に輪を着せ、腕を下ろし、背後から脇に手を差し、瀕死の王様を抱きかかえるように毛布で包んで持ち上げる。ひきずる足を彼女が支え、僕は地下室の中を後退していき、階段と祖父に挟まれ仰《あお》のけになる。そのまま背中をずって階段を昇る。頭上で弟がロープを手繰《た》り、祖父にひきずられるようにして僕も階段をずりあがっていく。一見、蜘蛛の糸から祖父を引きずり下ろすようでもある。彼女が祖父の足を持ち上げ、まあそれほどの役には立たない。彼女が登場する前は、弟と僕だけでこの作業をしていたのだし、結局なんだかそういうことだ。そいつは一体、どういうことか。今夜家に両親はなく、そんな晩には僕らはいつもこうしている。両親が何処で何をしているのか、僕らは知らない。聞いた憶えはあるのだが、興味がなくて覚えられない。あなたたちに妹か弟を用意するのよ。そういうこともあるかも知れない。そいつはひどく陰惨な光景に思えるわけで、もう何もかもを僕らに任せておいてくれと声を大にして主張したい。実際はそんなことじゃないんだろうと知っている。暗い場所で椅子に沈んで画面を眺め、それとも音楽なんかに耳を澄ませているんだろう。ホテルの部屋で並んで夜景を見ているとか。まるで年老いた野生動物。全然違って、発情期を永遠に終えた野生動物。そんなところ。

僕らは祖父を地表に引きずり出して、静かに横たわる毛布を囲み、這いつくばって呼吸を整える。あとはやっておくからと弟に向けて手のひらを振る。一つ頷き、弟が去る。ドアを開ける音がして、ドアを閉める音がする。ドアを開ける音がして、ドアを閉める音がする。家の構築には一つの閉路が存在していて、部屋をぐるぐる巡る道がある。小さな頃は、ドアの開《あ》け閉《た》てでリズムを追いかけ走り回って、父親にはっ倒されるまで遊び続けた。今夜の弟はそうして遊ぶ気分ではないらしく、その気持ちは少しわかる。兄が傷心の女の子を家に連れて来て、自分を除け者《の》にして上映会を催したので、少しつむじを曲げている。僕だって、弟がそんな女の子を連れて来た夜は、実際以上の年長者のように振る舞うだろう。

彼女が僕の方へ身を屈め、僕は手のひらでその細長く美しい顔を制して立ち上がる。祖父を見下ろし、肩と膝の裏に手を差し入れて、ロック鳥の羽くらいには軽い体を持ち上げる。ドアを開けてもらえるかなと僕は言い、彼女は大人しく頷いて先に立って歩き出す。呼び止めて、祖父の体の向こう側から突き出てひこひこ動く僕の人差し指を、祖父に摑ませてくれるよう頼む。彼女の指が僕の指を絡めとり、老人の掌へと埋め込んで、両手で祖父の拳ごしに僕の指をやさしく包む。

可哀《かわい》いだろう、と僕は祖父の耳へ毒を垂らす。

祖父は僕の指を一度握り、間をおいて二度握る。そうだね、と僕は耳穴へ向けて囁き続ける。祖父が、僕の指を一度握る。

一年前、祖父の転落の知らせを受けた僕がまず真っ先に考えたのは、どうせならカメラの前で落ちてくれればよかったのに、というものだった。薄情だとも思うのだが、起こってしまったことは仕方がない。せめて記録に残っていれば、何か印象的なシーンに使えたかもという思いが先に立つ。カメラで撮影する暇があるなら、手を伸ばして助けてやれという意見にはこう問いたい。

何故？

その頃の僕はいつでもカメラを携《たずさ》えてそちこち歩き回っており、とりとめもなくあたりの風景を切り取っては、地下室でその日の収穫物を眺めるのを日課としていた。映画を撮ろうという気持ちが全くなかったわけではないが、我が家にそんな種類の才能が流れていないことは腹の底から承知している。自分が見ていたはずのものを見ることは何とも異様な体験で、僕は自分の中に居候《いそうろう》した他人のように毎夜スクリーンを睨み続けた。何かを撮ってみようにも、この周辺に演技のできる奴なんて一人もいないわけであり、撮れるとしてもドキュメンタリー。人をみかけること自体がほとんどないとくるからには、庭先のサボテンの成長とか、近所の犬の老衰記録程度しか撮りようがない。居間の両親を撮ろうとしてもしゃちほこばって、間抜けたビデオレターのようにしかなりはしない。いちいちの家の間が馬鹿げた調子で離れており、人通りなんてものはほとんどない。道路はそこに横たわるだけで身じろぎもせず、まばらに通る車を撮影するにも、そいつらは猛スピードで脇目も振らず通り過ぎるのが仕事であって、繋がる先は見当たらない。せいぜい何処かの家の敷地へ入って、ぬいぐるみを抱えたお父さんがドアを開け、娘に抱きつかれる絵を想像できるくらいのところに留まっている。森を貫き道が通り、道の脇には門が据えられ、門から家まで、二分や三分は歩行を強要される地所が広がるばかり。私生活を覗こうにも望遠レンズが必要とされ、そこまでしても張り合いのある絵が撮れるとは考え難い。誰でも同じ。誰でもみんな同じにしている。こまっしゃくれた隣家の小娘の成長記録を手伝おうにも、それではまるきり変質者だし、第一まるで興味が持てない。

結局僕は、轢《ひ》き潰されて路面に張り付く栗鼠《りす》やら兎やらを撮って暮らして、それがこの近辺で起こりうる一番大きな事件である。死体のもとへ毎日通い、記録を残していくわけだが、健康な青年が日課とするにはなんだかどこか後ろ暗い。これもはじめは面白いのだが、あっという間に飽きがくる。腐敗が対象を見失い、どれほど経っても何も変わらぬ死体の残骸が残り続ける。そのくせ雨に流され突然消えてしまって張り合いがない。不思議といつまでも消えずに残る染みが一つあり、そこで、ある朝我が家の居間からひょろひょろ歩き出た何が、何十万トントラックにすり潰されたのかはちょっと言えない。僕はその染みをこっそり、ジョンと名付けてよく相談にのってもらっている。

何か派手な事件が起きてくれたなら、そこから逆算してお話の方を考えるという手があるではないか。拳銃をこめかみにあて、何事かを喚《わめ》く老人。手を出しかねて遠巻きにする人々をあざ笑い、老人は誰にも邪魔されることなく引き金を引き、きりきりと舞いながら床へと向けて倒れ込む。黒い穴から血が流れ出し、池をつくってみんな溺れる。これではどうしたって助からない、誰もがそう思うわけだが、そこから先は編集次第でどうとでも。冒頭、自分の頭を撃ち抜いたはずの老人はその後も変わらぬ様子で画面に出て来て、どうでもよろしいようなことをカメラに向かって語り続ける。いや、あの時は死ぬかと思った。そう、にこやかに笑いながら言う。編集次第で人はどうとでも蘇りうる。

緊急事態ということで、僕はなりふり構わず祖父より伝わるヒッチハイクの秘伝を発動して、割合速やかに病院まで辿り着くことができたわけだが、秘伝が効きすぎ運転手に手を握り続けられたのには閉口した。病室のドアに辿りついた時には祖父は既にもの言わぬ祖父になりきっており、参集した親戚たちが頭を揃えて廊下で相談事を開始していた。僕は親戚一同に向け片手を挙げて通り過ぎ、病室の祖父と対面した。ためしに手を握ってみると、思いがけなく強い力で握り返して、これは反射というものなのかと僕は何度か試してみる。どうも、話しかけられたとき、手の内に何かがあれば、何度か握ってみるらしく、話しかけられずとも握る場合があるのであり、話しかけても微動だにしない場合もある。一度握るとイエスであり、二度握ればノーの意味だと打ち合わせたのはその場のことだ。親戚たちが廊下から戻ってくる気配はなかったので、僕は鞄からカメラを取り出し、特にやる気を見せない祖父を撮影してみた。暫《しばら》くそのまま停止する祖父を撮り続けて、これはメモリの無駄というものだろう。カメラを傍らの机に据えて、祖父の手をとりあげ少し動かし、またとりあげて少し動かす。右手を腹の上まで持って来て、胃腸を探る様子を再現してみる。祖父は抵抗する様子も見せずに凝《じ》っとしており、僕はそれを、僕に対する祖父の愛情のなせる技だと解釈した。腕をとり、肘を曲げて指先を伸ばす。指は手を離すと同時に弛緩《しかん》して、深く摑むと握られる。そのあたりに僕に対する愛情の限界はあるらしかった。僕は彼に敬礼の姿勢をとらせようと四苦八苦して、最終的に、祖父にはその気がないらしいと判断した。だから両手を腹の上に組み合わせてやり、敬礼をしてカメラを止めた。

祖父はそのまま意識を回復する様子のないまま横たわり、それでも口にスプーンをつけてやると、文句をつけることもなく飲み込むという芸当を見せた。時折咽《む》せて、なんだかよくわからないものを吐き出していた。熱いスープも冷たいスープも等しく扱う祖父に対して、もしかして何でも食べるのかという疑念にとらわれた僕が、カブトムシを探しに行こうと誘いをかけて、弟に全力でぶん殴られたのはこの時のことだ。脱脂粉乳を飲み下すことができるのだから、カブトムシだって食べるだろう。少なくとも、摺《す》り下ろしてやれば飲んだと思うが、それ以上ぶん殴られては敵《かな》わないので、実験の継続は断念した。

祖父はまあ平常な人生を送ったのだが、それでも独特な哲学に従って暮らしていた。不信心者ということで寺院に通うこともなかったけれども、寺院の側としても祖父のような面倒な信者は願い下げたのではないかと思う。祖父の哲学なるものは、カルヴァン派最右翼とでも称せるもので、僕はそれを喩《たと》え話で聞いて育った。喩え話なんてものではなく、そいつが教義そのものだったという説もある。祖父はその喩え話を余程気に入っていたらしく、小さな僕を膝に抱えて、よくその内容を話してくれたものなのだが、そいつは非道く陰惨な人形劇の体裁を採っており、僕を心底閉口させた。

喩え話は何故だか理由もなしに、幕が上がるところから始められる。そこのところが重要なのだと祖父は言う。幕が上がると舞台の上には人形が数体転がっており、そいつらはまるで死体のように見えるのだという。人形がただの屍《しかばね》の人形でも人形の屍でもない証拠には、観客が固唾《かたず》を飲んで見守るうちに、中の一体が立ち上がることから知られるのである。天上から吊られた糸に繰られる人形の右手には、鋏《はさみ》が一つ握られている。演出家のアレンジによっては、左手にも鋏を持つ場合があるのだという。そこからは二つの筋書きがありうるのだと祖父は言う。行き着く先に変わるところはないのだけれど、含みとしては大きな違いがあるのだそうで、祖父としてもどちらの筋書きが正しいのか、判断はつかないらしかった。一つの筋書きの中で立ち上がったその人形は、鋏でもって周囲の人形から天上へ向けて伸びる糸へ片っ端から切りつける。ちぎっては切り、切ってはちぎり、そのうち自分を操る糸をも勢いに任せて切ってしまうことになるわけだが、それで人形の動きが止まることはなく、周囲の糸を触れる先から切断していく。慣性の法則とかいうものだろう。もう一つの筋書きでは、人形はまず起き上がり、自分の体から伸びる糸をおもむろに抜く。それから周囲の人形たちの操り糸を、無表情に切断していく。

周囲の糸を全て断ち切り終わった人形は、呆然として舞台の中央に立ち尽くす。次の指令を待って耳を澄ませる。見る間に周囲の人形たちが立ち上がり、何故自分たちの糸を切ったのだと、最初に立ち上がった人形へ向け詰め寄っていく。そう続くのがせめて真っ当なお話だと幼心《おさなごころ》に思ったものだが、祖父の教義はどうも違った。

糸を断ち切り終わった人形は、舞台の上で立ち尽くす。立ち尽くすだけでそれ以上の変化は舞台に訪れない。周囲には操り手との接続を失った人形が転がるだけで、この人形はいつか嘆かわしげに頭を振る。しばらくそうして頭を振り続けるが、結局何も起こらないのだと得心をした人形は、周囲の人形を抱え集めて、一山にまとめて積み上げる。山から一体を引きずり出して、頭と胴と腕と脚とに分解する。胴を胸と腹と腰とに分ける。腕を上腕と下腕、脚を上肢と下肢と、足へと分ける。関節をつくる球を大きさごとに分けて集める。舞台にはパーツごとに分類された山が積み上がる。操り糸と、人形を結んだ糸も集められて、几帳面に巻かれて玉になる。

どうして、と僕が訊くのを祖父は不思議そうな顔で見つめたものだ。

どうしてって、どういうことだと逆に訊かれて、僕は不思議そうな顔で祖父を見つめる。その頃には弟は既に話に飽きてどこかへ行ってしまっている。糸を切られた人形たちが動かないなら、最初の人形だって動かないのではと訊くのが無益だということくらい、幼い僕にもわかっている。どうして人形をパーツごとに分類するのか。その日がやってきた時のため、新しい人形を作りやすくするために決まっている。後片付けっていうわけだ。

僕は、一体残った人形はどうして新しい人形をその場で作り始めないのかを訊く。

祖父はどうしてこんな簡単なこともわからないのかと咎《とが》めるように、僕の頭をもしゃもしゃ撫でる。一度バラバラにして整理したものを、どうしてまたバラバラに並べ直さなけりゃいけないのだと祖父は言う。祖父が言うところのバラバラが何を指しているのか、幼い僕にはよくわからない。

人形でいることの方がバラバラなのかと、僕はおそるおそる祖父に問う。そうじゃないかね、と祖父が問い返す。部品ごとに整理整頓されている方が、一つずつの部品を組み合わせるより、余程整理されているように思えないかね。

でも、でも、と僕は祖父に向けて繰り返しながら可哀いらしし気に時間を稼ぐ。それじゃあ最初の人形は。最初の人形の部品は一体誰が整理することになるのかと僕は問う。

それを自分は考え続けていると祖父は言う。それは多分、と言い淀み、おそらく幕が降りた後、その向こうでの出来事に属するのだと重々しく言う。それを知るには、自分がその一体になってみなけりゃわからないのだろうと裁定を下す。幕を降ろす役も必要だしなと独りで頷く。そこらで僕は祖父の膝から逃げ出して、母のスカートを探して走り出す。

これは一体、哲学なのかと思い出しては考える。自分が人形だと考えるところまでは個人の自由としても良い。糸の切れた人形だと考えるのもまあ良いとする。糸の切れた人形がそれ故に、機械的に稼働すると考える祖父の気持ちは不明であり、よく大量殺人犯を職業に選択しなかったものだと感心する。

祖父は、僕らが成長するにつれて、その喩え話をしなくなった。そんな話について考え続けるのに飽きたのかも知れないし、話の中に、何か致命的な難点を発見したのかもわからない。あの人形劇の話、と充分に成長した僕が訊ねた時、祖父は何のことかと、とぼけてみせた。自分はとぼけているぞと眼光を強くして力の限りにとぼけていることを主張していた。子供にとっては当たり前でも、大人に聞かせるには陰惨な話、そんな風に考えたのか。僕は祖父の耳元で訊ねてみる。祖父は僕の指を三回握る。

色々と試みてはみたのだが、人間というのは意外に重く、僕は祖父を吊り下げるのを極々早期に諦めた。スーツの背から鉄パイプを通すのも、ぶら下がり健康器に輪をぶら下げて吊るすのも、どちらもまるきり死体みたいで絵にならない。これはいけない。弟も言う。これじゃあまるで死体じゃないかと不満気に言い、僕も完全に同意する。

だから、疾走する祖父の姿は、路面を舞台の背景にしてカメラに収まることになる。横臥《おうが》する人間の姿勢を整えるには、頑丈な針金があれば事足りたから。勿論《もちろん》それ用の工夫は様々ある。頑丈な針金をぐるぐる巻いて、祖父の関節部にギプスのように嵌《は》めてやる。ただそれだけのことにも秘訣があると僕は学ぶ。

一秒を二十四に分割した一枚一枚の平面を、祖父は走り抜けていく。体が自由だった頃でも、祖父はそんな疾走をしたことはなかったはずで、画面の中の祖父の動きは、人類でそんな機動をできる者などいない種類のものだった。夜の路面を背景に、時速九十キロで疾走する祖父。たった二分の間に、なんと三キロを走破する。こうしてみると大したことではなさそうだが、それは実地に僕らの撮った絵を見てもらえればよい。そいつは弟と僕が、最終的には夜ごとに往復六キロの遠足をする羽目になったことを意味する。自分では指一つ上げない祖父を小脇に抱えて。襁褓《おむつ》と毛布とタオルとチョークとカメラとライトと針金とペンチとガムテープとスープを入れた魔法瓶をリュックに背負って。水をたたえたバケツを持って。撮影が夜間に行われた理由は単純だ。両親への説明が余りに面倒くさく思えたから。夜間の撮影には長所もあって、光源の移動や天候を気にする必要があまりない。僕としては降りしきる雨の中を髪を振り乱して疾走する祖父を撮影してみたい気持ちもあったのだが、天気はこちらの都合を訊いてくれないし、路面に寝そべり走行姿勢で固まる祖父に、雨は横合いから降り注ぐ。そいつはちょっと美的な問題がある。如雨露《じょうろ》で水をかけようにも、残念ながら如雨露は重力の方向を制御する機械ではない。

夜を駆ける祖父の姿を、弟と僕は毎晩地下室で編集しては鑑賞した。暇のあり余る僕たちに妥協の余地のあるはずはなく、あそこの腕の振りがおかしいとなれば撮影地点まで戻ってやり直したし、ここではジャンプをするべきだと一方が言い出したりすれば、ジャンプの距離を計算して次の撮影に取り入れた。ひと飛び四十メートルにして最大到達高度二十メートル。それが画面の中の祖父の記録だ。これが草っ原と幹を欠いた低木を掻き分けての記録だということは注目されてもよいだろう。老人虐待だなんて誰にも言わせるつもりはない。超人虐待と言われればそうかなと思う。

齣《こま》撮りされた祖父がここまで超人ぶりを発揮するなら。そう言い出したのは弟の方で僕ではない。その頃の祖父は片道三キロの道を四分ジャストで汗もかかずに往復し終えたところであり、僕たちはまるで祖父の代わりを走ったように疲労していた。一回の撮影で往路と復路の場面を一緒に撮影してはいたものの、毎夜、深夜の遠足は矢張り堪《こた》えた。撮影を続けるうちに、当然ながら僕たちの技術は向上を続け、三キロ地点でのターンときたら、それは見事なものに仕上がっている。優雅さの中にたおやかさを秘め、勇壮でいて滑らかだった。雨上がりに虫をさらう燕《つばめ》のように祖父はチョークで書かれた地面を掠《かす》めて脚を巧みに旋回させた。上体と下肢をくるりと入れ換え、物理法則を無視するように、空中で見事なターンを決めた。巻き起こされた旋風が周囲の小石を巻き上げて、何かの爆発に巻き込まれたように飛び散っていく。祖父の機動が洗練の度を高めるにつれ、不思議と僕たちの疲労は募っていった。これだけのことができるなら、と弟は言う。そろそろ敵が必要なのじゃないかと言い出して、僕はその意見に感銘を受ける。

敵か、と僕は目を輝かせ、そんなことにも気がつかなかった自分自身の愚かさを呪う。高速で移動する祖父。幹のない木をなぎ倒し、宙に浮かぶ岩をも砕く拳を持つ祖父。僕たちは当然途中にそんな演出を入れ込んでいた。勿論、倒木や廃材を利用して、撮影の後には道から避《よ》けておいたことは言うまでもない。ただしここまでの祖父の行動は確固とした目的を欠いていたとも言える。僕らの祖父は断然悪ではありえないから、そこは敵が必要なのだ。

その提案の次の夜から、祖父は家の周りをパトロールすることを日課としはじめる。無闇と走り回ることはもうやめて、年齢相応の紳士として振る舞い始める。予想以上に面倒だったのですぐにやめたが、一時期はステッキだってついてみたのだ。いつ敵と遭遇するかもわからない。そんな状況下において、無闇と飛び回ることは推奨されない。

そのままいけば、祖父はこの街をこっそり密かに守り始めるはずだった。

多少の問題があったとするなら、街はあまりに平和であって、寝たきりの祖父に守られなければいけないような生き物は、この近在になかったこと。そして僕らが、彼女の存在にそれまで気づいていなかったこと。僕らは自分たちが特別なものだということだけを知っていて、誰もがみんな同じものとは、根っこのところで知らないままに生きていたのだ。それでも、僕らが彼女の存在に全然気づかずいたのには、多少言い訳の余地がある。彼女は最近この街にやってきたばかりだったし、女の子の腕には矢張り、祖母という存在は重すぎたのだ。僕たちだって祖父を疾走させるのに、二人の男手を利用したのだし。

だから彼女の祖母はこの三ヶ月、主に家の中を蠢《うごめ》いていた。その時はたまたま庭から月を見上げる気になったのだと、後から聞いた。

駄目だよこんなところで。

彼女が自分の祖母を引きずって、うちのじいさんに乗せにかかったとき、僕はそんな間抜けたことを口走った。誰も見ていないんだからいいじゃない、と彼女は続け、こういうことは、そういうことじゃないんだよと僕は言い、まだ早すぎるんじゃないのかなと、弟は言った。まだ駄目って、何時《いつ》になったら良くなるのよと、彼女は初対面の時からそんな調子で話していた。僕はそういったことの始まりには非常に慎重な手続きが要請されるという見解を保持しており、それは今でもあまり変わっていない。

そういうことは、と僕はしかつめらしく胸を張り、様々七面倒くさく絡み合った隘路《あいろ》を押し合いへし合いした末に辿り着く責め苦であるべきなのだと主張した。編集すればいいじゃない、という彼女の素朴にすぎる意見が僕に感銘を与えなかったことは言うまでもない。後に回してしまえることは、後に回してしまって構わない。最も劇的なシーンを撮るには、それなりの技術だって必要となる。僕たちはじいさん一人を扱う技術は磨いてきたが、正直、御婦人を扱う作法はこれっぽっちも知らないままに大きくなった。その時は何度でも撮り直せばいいじゃないという彼女の声に、こういうことはそういうものじゃないのだよと、僕は勿体《もったい》ぶってみせていた。

後回しにすることはできないのだと変に強《こわ》ばった顔で彼女が言って、弟と僕は互いの顔を観察しあった。でもこういうことには、当人たちの意思ってものが。全く必要ないってことを、その場を見守る誰もがみんな知っていた。睨み合いに耐えられなくなった弟が三角形から身を引いて、祖父を老女の傍らに横たえ直して、祖父の手を老女の手と握り合わせる。祖父は指を微かに動かし、老女もまた指を微かに動かす。弟の両手が、祖父の手に添えられ軽く握られる。何にだって始まるためには、きっかけというものが必要だからだ。老女の指がその信号に応えてみせる。祖父は老女の手を一回握り、老女が祖父の手を一回握る。老女が祖父の手を一回握り、祖父が老女の手を二回握る。老人二人が互いの手を交互に握り締め合い、僕たちは黙ってその回数を数え続けた。一回、二回、七回、三回、四回、一回、一回、二回、一回。その握り合いが一体何の通信なのか、僕たちが知ることは、遂に決してありえない。それでも確かに言えることは、そんな場合にさえも存在している。祖父は手を握られれば握り返す生き物であり、老女の側でもそうなのだ。だからこれは特別な出会いなんてものではない。手を握る相手が僕であっても、弟だろうと彼女だろうと、祖父も老女もやっぱり、手を握り返してしまうのだから。何かの永久機関みたいなものだ。

僕はおもむろにカメラを抱え直して、老人二人の熱の籠らぬ情交をレンズを通し、網膜を通して撮影する。ゆっくりと手を握り合う、二体の霊長類を記録に納める。

そういうことなんだよ、と僕は言い、横では弟が頷いている。きっとそういうことなんだろうと、なんとか自分を騙《だま》くらかそうと努力している。全然そういうことではないのだと、彼女が仏頂面でそっぽを向く。

こんなところでは駄目なんだよと、僕は言うのだ。

その映像はこう始まる。

棺桶の中から一人の老女が起き上がり、ようやく長い眠りから目覚めたように、あたりを見回す。周囲に人影が見当たらないのを確認した後、ちょっと長すぎる眠りを眠りすぎたお姫様のように、覚束《おぼつか》ない足取りで歩き始める。歩く間に調子を戻して、家のドアを軽やかに抜ける。彼女は風にまかせてそのまま宙空を漂っていき、夢に流されるように空気の中を泳ぎ続ける。夜の中を流されていく。

鴉の死体や、栗鼠やら兎の死体が、頭を垂れて彼女を迎える。もの言わぬ森の音楽隊に先導されて、彼女は道の上を漂い続ける。風に吹かれて舞い上がり、動物たちが慌てて彼女を引き戻す。気儘《きまま》に夜を散策する彼女の浮遊はとある地点で、道の真ん中にぼんやり浮かぶ、不定形に縁取られた影に気づいて止まる。路面に浮かぶ黒い影。青だか赤だか茶色だか、なんだかよくわからぬ種類の色をした影。彼女は影に怯えて立ち尽くす。影はそのまま微動だにせず、それ故、今にも突拍子もない動きを見せる気配を蓄え続ける。無音の呼びかけに耳を澄ませて、またそれ故に無音の裡《うち》にとりこまれて、彼女は空中に凍りつく。

そこへ当然、颯爽《さつそう》と登場する一人の老人。

攫《さら》う。時速九十キロのスピードで老女の足下へ向けて飛び込んで、彼女を横抱きにしてかっし、皺くちゃの顔を祖父へと上げる。彼女は驚きのあまりしっかりと祖父にしがみつき、それからようやく気を取り直丈夫だというように頷いてみせ、徐々にスピードを落として彼女を下ろし、片手で彼女が地に足をつくのを支えてやる。祖父の顔がぎくしゃく下がり、一つ頷く。もう大手をとてもやさしく握り返す。祖父の手が、彼女の手をやさしく握る。彼女が祖父のかのように、互いの手を揉み合い続ける。互いに無表情な老人二人がそれが自分たちの義務であるうやく何らかの合意に達して、今度は彼女が祖父を横抱きにする。しばし互いの手を握り合った老人二人は、よロで、もと来た道を走り始める。行く手には、二つのドアが並んでいる。彼女は、時速九十キの家から取り外されて、一時的にそこに横たえられたドア。もう一つは、彼女の家から取り外されて、やっぱり一時的にそこに横たえられているドア。一つは、僕ら二人がどちらのドアへ向かうのかが曖昧なまま、フィルムはそこで終わりを迎える。多分、未来への疾走ってやつ。そこから先は野暮ってもので、棺桶から蘇った花嫁が意思に依らずに選びとった死にかけの花婿とどんなハネムーンを過ごすのかは、僕らの知ったことではないのだ。

祖父を棺桶に連れ込んで、いそいそと性交にとりかかる老女の姿を撮影することを執拗に主張し続けた彼女を僕たちがどうやって説得したのか、誰にもきっと予想はつかない。それは決して楽な仕事じゃありえなかった。僕の尻には、歯形が三つ刻まれている。

なあ、じいさんは何で、地下室に普通の階段じゃなく、急傾斜の梯子じみた階段を架けたんだと思う。上映会の果てた後、彼女を家へ送った帰り、僕は路面に染み込み、撮影用にチョークで輪郭をとられたままのジョンに向かって話しかける。もしかして、天国と地獄の角度の関係なのかね。沈黙の後にようやく、そうだね、と応えたのは勿論僕だ。まあ僕らの四、五倍も生きた人間の内面なんて、想像を遙かに越えてしまっているものなと、ジョンに向けて話しかける。なあ、ジョン、ところであんたは誰なんだい。勿論僕はあんたが誰だったのかを知ってはいるが。というよりか、一度訊いてみたかったのだが、僕の祖母ではなくなったあんたは今、一体全体、何なんだい。僕にだけ、こっそり教えてみてくれないか。

路面に転がるカメラの前で、僕はそんな独り芝居を続けてみる。ドキュメンタリーに関する僕の意見は、あの撮影を経てちょっと変わった。齣の間を無意識に漂う老人でさえ、立派に演技がこなせるならば、僕にだって演技ができて悪い道理はありはしない。僕は、自分の人生の中で多分一番面白いはずの時間が終わってしまったことを知っていて、それを至極当然のことだと考えていた。

彼女は来週、もと来た街へと帰って行く。彼女は、大好きだったおばあちゃんに会いに来ただけなのだから、そこに何の不思議もありはしない。弟がしきりに残念がる理由が僕には全然理解できない。あんなわけのわからぬけったいな女に対してしてやれることなんて何もない。祖父を齣撮りする兄弟が、祖母を齣撮りする少女に出会う。これは運命ってものではないかと、弟は考えているらしい。全然違うね。全くそういうことじゃないことくらい、お前もそろそろ聞き分けていい年頃だ。

なあ、ジョン、僕はこれからどうしてみようか。

とりあえずお前を、なんとか洗い流してみるのがいいかも知れない。それでもまだ僕の前から消えないようなら、掘り返してやる。業者に任せたりせずに、僕はその穴を自分で掘り下げるだろう。

僕の次の映画は、どこまでも穴を掘り続ける男の話になるかも知れない。

何故ってジョンはもう既に、地球の裏側にまで染み通ってしまっているかも知れないからだ。

『AUTOMATICA』

『円城塔』

『多少遠回りとも思える考察から本稿をはじめることにしてみましょう。

そこに三次元の映像があるとしてみます。通常、人間の生活する空間は縦横奥行きからなる三次元空間であると信じられているわけですから、映像を作成する際に三次元のものを構成する方が、二次元のものを構成するより、より自然な形であると素朴に考えることはできるわけです。

そこに人間型の三次元映像が浮かんでいるとしてみましょう。あなたはその人物の周囲を巡り、真正面から覗き込んだり、背後に回って正面からは隠された像を確認したりすることができるわけです。これは勿論《もちろん》、三次元映像の優位を示す現象です。二次元の絵の裏に回っても、そこにあるのは紙面の裏ということですから。

故に三次元万歳、全てのものが三次元で構成されるのが映像としての究極の姿であると断定したくもなるかも知れません。

その性質上、三次元は二次元を含みますから、三次元が二次元の上位互換であること は確かなのです。但《ただ》しそれが即時の優位を意味するのかと問うとするなら、疑念の余地が存在します。

奥行きを持つ映像について考えましょう。たとえば森としてみます。奥深い森を映像として構成するとき、三次元映像に要請されるものは何でしょうか。それは当然、奥行きを持つ森となります。森と同じく広がりを持つ、どこまでも続く木々の像です。果てまで続く森を映したいなら、果てまで続く森を実際に置く必要が存在します。そのあたり、奇妙な感じが浮かんできたりはしないでしょうか。

森を映し出すのに森を置く。それは何だか奇妙なことです。森を見るのに、実際に木々を植えてみるのと、一体どこが違うのでしょう。当然、手間の違いは存在します。木を一本植えるのと、一本の木の映像を三次元的に構成するのと、どちらがどれほど優れているか、それだけでは答えようのない問題です。どのように何を何のためといった前提なくして、その種の問いに誰もが合意可能な解答を出すことはできないからです。

そこに森を置くために、苦行のように木々を配置し続ける人物はふと考えます。本当に三次元は必要なのか。ただ森を見るためだけなら、森を描いた絵を壁にかければ済む話ではないか。絵はすなわち窓と化し、壁を開いて奥行きを向こうへ展開します。頭をずらすと遠近法が多少のところずれるとしても、たった一枚の平面がなしうる仕事としては上出来だという感じはしないでしょうか。三次元映像で実現される種類の空と（それは多分、空でしょう）、壁に架かった画中の窓の外に広がる空と、どちらがより優れているのか。あるいはこう問いかけることもできるわけです。

「空そのものと、人間の見方によって空と見えるようなもの、どちらがどれだけ高級なのか」

そういうことです。

お話を映像からはじめましたが、ここは本来、文章の自動生成について語る場ですから、文章について考えましょう。

この場には登場人物が二人あります。読まれる者と読む者です。書物は情報を保持するものだと通常言われるわけですが、この言明は真実の一部を述べるにすぎません。何かが文章と呼ばれるためには、とりあえずのところ読む者が、これを文章なのだと認めることが必要です。それから更に、林檎と書かれた文字を見つめて、大体林檎とされるものを思い浮かべる必要だって存在します。

文字の並びがそれだけで閉じているものではありえないこと、これは一つの前提です。

情報は、読まれる者と読む者の間の相互作用として出現するとここでは仮定しておきます。つまり、情報理論で用いられる類いの定義をここでは採用せずにおきます。

二つの極限を設定しましょう。

一つの極限は単純です。そこでは読まれる者は白紙のままで、読む者は自在に白紙を読み出すことが許されます。白紙を前に佇《たたず》む者があるのです。とりあえず、白紙の上に幻覚を見るとするので構いません。その形態の特殊な例は、書くこと、として知られています。

もう一方の極限は些《いささ》か面倒な形をしています。そこでは読まれる者の姿は、全てが書かれた本として出現します。ここで白紙とされるのは、読む者の方と設定されます。

この設定が面倒なのは、全てが書かれた本とは何物かという点が若干不明なところに存在しますし、白紙の読み手というのが何であるのか、考察の余地が膨大に残るせいでもあります。

まずは安直な例を牽制しておかねばならないでしょう。その見解は大変古典的なものなのですが、現実的な有用性も、空想的な有用性もほぼありません。

その例示では、全てのことが書かれた本とは、全ての可能な文字列の組み合わせだと宣言されます。書かれうるものは全てそこに書かれる以上、全てのものは書かれています。これは当たり前にすぎる事実にすぎないのです。「可能な文字列」の海から「必要な文字列」を取り出す操作こそが生成である。そのこと自体は良いでしょう。しかしそれは、この設定を置いた場合の、ただの定義にすぎません。この設定を置くかどうかは、設定の真実性と関係しません。真理は真理で宜《よろ》しいのです。それが設定の中で語られるものであることを忘れぬ限りは。

ここで二つ目の極限として採用したい状況は、「可能な文字列」なるものよりもう少し限定的なものとなります。読む者を白紙としましたから、その人物は何の前提も持たないままに、読まれる者へと取り組むことが要請されます。その意味で、全てが書かれた本というのは、辞書でさえもないのです。まず何が文字であるのか自体を、本の側から解説する必要があるのですから。

この過程の開始には大変厄介な問題が存在します。何故ならこの問いに答えることとは、言葉の起源の問題に限定的な答えを与えることともなるわけですから。そんな巨大な問題圏は、本稿の射程を遥かに超えます。故に本は読まれるものだと、起源についは沈黙しましょう。

とりあえずのところ、この極限は大体次のようにまとめられます。

一冊の本と一人の嬰児《えいじ》。嬰児は本を読みはじめ、そこに書かれているものが文字だと認め、そこへ記されている内容を理解しはじめ、そこに書かれた言葉で考えることを学ぶわけです。もしくはその本が大変巧妙に作られており、嬰児の獲得した思考の様式が本から得られたものであることを、嬰児に対し完全に隠蔽する事態なども考えられます。この種の書物の特殊な例が、些か過大な意味を付されて世界と呼ばれていることは指摘するまでもない事柄でしょう。

ここに提示した二つの極限は、読む者としての一人の人間だけが存在し、読まれる者としての世界を想像している状況と、読まれる者としての世界だけが存在し、読む者としての人間が構成されてくるような両極であると言うことができます。最初の極限を、戯画化された独我論、もう一方の極限を、戯画化された物理主義と呼ぶことも可能でしょうが、そうした種類の議論にもここでは踏み込む余裕がありません。

注目されるべき点は一つです。ここで漠然と情報と呼ばれているものは、読む者と読まれる者、どちらか一方の裡のみに貯えられているものではなく、両者の間の関係として存在するということです。

何かが書かれ、何かが読まれるということは、読む者と読まれる者との関係によって成り立っており、先の例に見られるような極限的な想定下でのみ、情報として呼ばれる言葉を一方へと押し込むことが可能なのです。

残念ながらその極限は、この世で実現されることはなさそうです。当節若干怪しいところが仄見《ほのみ》えてきてはいるにせよ、あなたはとりあえずのところまだ、本稿を読んでいる人間であるのですから。

ここで、広く受け入れられている一つの価値判断を挟んでおきます。その判断はこう述べます。

「文章について文章内で語ることは低俗である」

低俗とは大変に強い言葉ですが、この言にも一理はあります。一般に、何かの小説を書くことと、その小説の設計図を書くこととは異なるものです。小説として設計図を提出するなら、書き手は怠惰《たいだ》の誹《そし》りを免れません。その設計図を用いて構築された構造物こそ、作品の名を冠するに価すると判断される限りにおいて、設計図がじかに顔を出すのは不手際だということになるからです。書き割りにせよ、裏の骨が飛び出す建築物は、描出される風景ではなく、風景自体を破ってしまった出来損ないと呼ばれても仕方のないところがあります。そんなものを平気な顔で晒《さら》すのは確かに低俗と呼ばれる業となります。

さてお話は、文章の自動生成なのでした。

先に確認してみた線で、文章に含まれる情報は、読む者と読まれる者の間に存在するとしておきます。その場合、自動的な生成に必要なのは、両者の間で交流している作用の記述と、その実行系に他なりません。多少の大胆さに目を瞑《つむ》るとして、記述とその実行は、読まれる者と読む者と言い換えることが可能です。ここで登場する、読む者、を人間以外のものと設定したとき、自動生成は立ち現れます。自動とはつまり、人間が手を下さないまま継続される実行にすぎないからです。

自動生成の担い手を計算機へと限定する必要は特に存在していません。この見方における計算機とは、読む者と読まれる者の相互作用を記述し実行するにあたり、とりあえず便利に使われている形式を示す一つの言葉にすぎません。

記述された相互作用を実行する。眼目はそこに置かれています。当然ここには重大な転換が存在します。文章の評価の対象が、書かれている文章そのものから、実行系の作成可能な文章の集合全体の大きさに変わるからです。読む者が生成しうる文章の群。できうる限りに無意味な文章の生成を避け、有意味な文章を生成し続ける可能性が、自動生成機構の優劣を決定することとなるわけです。

ことが自動的に進む以上、その出力は入力に強く依存します。そのためここで確定されて検討されるべき集合は、入力全体の集合と、出力全体の集合ということになるわけですが、ここにも二つの極限が存在します。

一つの極限は、本を入力するとただ同じ本を出力してくる機構であり、他方の極限は何も入力しなくとも、無限のバリエーションを出力してくる機構です。後者の可能性について言えることはそう多くはありません。人間という存在を、そのようなものと見なせなくもないというくらいのところと思われます。

入力集合と出力集合の関係をアルゴリズムの複雑性として考察する道をここでは避けます。現状もっとも不足するのはその種の評価の方法ではなく、本来肝心要《かんじんかなめ》であるはずの、相互作用の記述の方であるからです。

困難は、読まれる者と読む者の間の相互作用を、読む者自身が記述しなければならないところに存在します。

文章を読む際に起こる相互作用が、一体どんな形を採るのか、我々は殆《ほとん》ど知らずにいるままなのです。その証拠として我々は今尚、文章を読み続けているのであり、その解釈や感想を巡り、新たな文章を作り続けているわけなのです。相互作用の形式を明快に見てとれるなら、それらの作業の大半が無用となっているはずです。

我々は奇妙さによって包囲されている。それも一つの卓見ですが、特に新しいことを言うわけではありません。新たな記述を獲得すること、その記述を実行することにより、見知らぬものへ遭遇すること。してみると、ここで言われる自動とは、その本来の語義に反して、新たな記述の探索を進めるツールを自分の手足としていくことと相成ります。

この見解を保持するならば、自動化に際し必要なのは、相互作用を記述するための言語となって、それを操るエディタとなります。相互作用を記述するのに適した言語が自然言語であるとは限りませんし、プログラミング言語であるとも限りません。

現今のデジタル環境の優勢において、エディタはいたるところに顔を出します。あなたが計算機上で戯《たわむ》れに絵を描くのでも、その絵はある種の文章として、計算機の中で処理されます。その画像ソフトは、計算機の中へ貯えられる記号列を操作するエディタと見なされます。

画像データを処理する際には、いっそ記述された文章を直接変更する方が容易《たやす》いこともまま起こります。それはエディタが十全のものではないことを示す現象でもありますが、我々の間の相互作用の記述についての重要な知見を与えてくれる場面でもあります。日常的な遂行の中では気づきえないものが表面を破る瞬間であるとも言えるでしょう。

冒頭の三次元映像の例へ戻ってみましょう。そこにあるのは、映像を記述する言語と、その実行系、そして現実のように見える映像を、現実のように感じる処理系です。現実として感じられた映像とその記述言語は、理念的には同一視されてもよいものですが、我々がそれを感得するには、読まれる側の処理系と、読む側の処理系の協同作業が必要であり、それらは両者に二分された形で貯えられて、実行されているのです。これは原理的には紙に印刷された文字でも、ディスプレイに映る文字でも同じことだと、ここまでを追って頂けた方には、納得頂けていることと思われます。

このあたりでそろそろ「文章について文章内で語ることは低俗である」という命題へ反論する時期へやってきました。

対置される命題は、これもまた人口に膾炙《かいしゃ》しており、更なる優位を占めるものです。

「文章の使命は人間を描きだすところにある」

文章の自動生成とは、読む者と読まれる者の間に浮かぶ人間の姿を描きだすことに他なりません。何故ならば、そこで行われる言語を読み、実行することは、記述された人間が出力してくる文章の集合を読むことに当たるからです。理想的な極限において、読まれる者とは、読む者の書いた文章ではなく、読む者その人の記述であるということになるわけですから。それは明らかに人間を描きだす所作となります。作家の書いたものをではなく、作家を読むこと。その作家の出力可能な文章を一望にすること。そこで出現するものは、その種の認知を可能とするインターフェースそのものであり、人間の姿そのものなのです。それは文章として現れます。

急いで注釈を加えましょう。

そこから先へ続くのは、作家の集合、作家の集合の集合といった無限退行ではありえません。一旦土台が確保されたら、続く道は自動的に遂行されます。

それ故、目指されるべきものは、常に別の方向への逸脱を可能としていく新たなツールということになるわけなのです。そこへは圧倒的な未知の領域が広がっています。

それではお前はその実践へ向け、何を一体しているのか。

この文章は、構想中のお話に対する設計図、もしくはパイロット版として書かれました。そのお話は、様々な種類の（馬鹿げた）エディタが、手前勝手に人間を描きだすものとなるはずなのですが、その細部を示すには紙幅が既に足りていません。

設計図をそのままの姿で発表するなどという所業は低俗であるという論難は、ここで口を噤《つぐ》むのに足る事由となります。

あるいは。

と、以下は余談となります。

私は冒頭に、この生成された文章のタイトルと、自身の名前を並べて記しておきました。どちらがタイトルで名前なのか、それを判定するべき基準は、慣習以外に存在しません。

それともこうです。

それぞれ二重括弧に挟まれたタイトルと作者名と本文と。どれがそれぞれ、タイトル、作者名、本文なのか、どれがどれを書き記しているものなのだか、全く無縁のものなのか、それを判定するべき基準は、慣習以外に全く存在していないのです』

equal

I

無からはじめるはずだったのに、ここには既になにかがあって落ち着きません。

音の発する源を探してみるとここなのでした。ここから音は鳴るようです。

球形の滴が一つ浮かぶのです。

その表面には小さな波紋が広がり続けて、鏡面の平衡を破るのでした。大きな滴へ降りそそぐ雨のようです。大きな滴に小さな滴が落ちて波紋が広がり、波紋は球面の裏を目指して、対蹠点《たいしよてん》で球へと戻り、小さな滴を一つ、切り離すのです。

何事もなくたった一つの滴が雨の中を通過していったように。

水面が滴を受け入れ王冠をなし、その中心から一滴を空へと切り離してみせるように。

その球面は星なのでした。

カメラを寄せるとそれは一つの滴ではなく、立派な一個の星なのであり、無数の小さなものたちが、重なりあう波紋の盛り上がりとして今日も蠢《うごめ》き続けるのです。透明な形でできたそれらのものを雨滴は穿《うが》ち、透明な形でできたものを振動させると、そうしてなにもなかったように、また一滴抜けるのでした。

その球面の表面にあり、空を見上げるある物は、あるとき不意に気づくのでした。

この空は球に満たされており、それぞれへ落下していく球の間で、雨滴が次々やりとりされているのだと。この星に落ちた滴が再び空へ打ちだされ、別の星へと向かうのだと。

その透明な体を震わせ、透明な形でできたものは思うのでした。

この透明な体を抜ける一つの滴は、入ったときは一つの滴で、出て行くときも一つの滴で、それでも異なる滴なのだと。それなら既に自分の体は小さく千切れて、ほんの少しずつ持って行かれて、宇宙を旅しているのだと、透明な形でできたものは思うのでした。

II

もう既に充分以上のものが置かれてしまった。

透明な形のものたちは思うのでした。

透明な形のものたちはそう思うに違いない、そう大きな滴は思うのでした。

思考はまるで、水滴状の透明な体がつくる屈曲に似ているもので、透明だから見えないのです。でも透明さの加減は違って、その境目は見えるのでした。

水の中に沈んだ滴の姿はもう見えなくて、それでも表面へと浮かびあがると、可愛い背中が見えるのでした。

小さな滴が、水澄ましのようにくるくる巡り、溶けるように消え去るのです。

時折、背中に小さな滴を乗せた大きな滴が盛り上がり、あたりをきょろきょろ見回して、まだその時ではないと沈んでいきます。

大きな滴は古いものだと言われています。

だからこの星は大変古いものだと言われています。

もっともっと古い星から、星は離れたのだと言われています。

でも小さな滴には大きな滴をつくる手段がないので、少なくともこの星よりも大きな滴をつくる技はこの世にないので、古いものは作り出すことができないのです。

古いものとはそうして生まれたのだとされています。

だから滴は、もっともっと微細な滴をこつこつ作り出し続け、自分を古いものへとしていくのです。大きいだとか小さいだとかは、所詮、比べっこの問題なのです。

わたしはまだまだ大きなものなんかじゃないのだよ。大きな滴は歌うのですが、音符となって鳴り響く小さな滴は、お前は既に古いものだと、さざめくように笑うのでした。

III

透明な形でできたものの第一法則。

第二法則はない。

透明な形でできたものの第二法則。

第一法則の言うことは嘘です。

透明な形でできたものの第三法則。

誰かわたしについても語って欲しい。

透明な形でできたものたちは、まだまだ言葉なんていうものではなく、言葉になんてなりたいとも思っていません。だって不自由なことではないかと思うわけです。だからそうして一日中、好き勝手に思ったままを囀《さえず》るのです。

透明な形でできた三角形。そこには腕が四本あって、足が七本あるのであって、四は七より小さくて、七は三より小さいのです。

おかしいなと思ったとして、ここにはまだ四も七も三もいないのでした。出て来る必要がありませんから。そんなものがなかったとして、困ることもないわけなのです。

全然この世にいないとしても、三角形のことが大好きだよ。

もしかして、既にこの世にいるものや、既にこの世にいなくなってしまったものと比べてさえも。この世の中に原理的に存在できないもののことが大好きだよ。

こうした言葉の並びみたいな。

そうして、大好きなものは大嫌いだよ。

大好きなものなんてこの世にずっとないままでいい。この世が大好きで一杯ならば、この世は大嫌いで一杯で、そんなのは、ほんとうにもう大嫌いでちょっとだけ好き。

Ⅳ

透明な女の子だったって。

いや、透明な男の子だったらしい。

滴たちは言い交わすのです。

透明な男であったらしい、透明な女であったらしい、透明な女男であったらしい、透明な男女であったらしい、老若男女であったそうだと、それでは滴は老若男女というものなのかと、老若だけかも知れなかったとさざめくのです。

さあ決めようと言いだすのです。

男が二回続いたら女を一回置くことにして、女が一回置かれたら男を二回置くのでどうかとされます。

男男女男男女男男……と続けるのです。

いや二回では多すぎるから、男を三回、女を二回にすればどうかという声があり、女を三回、男を二回にしてはどうかと重なるのです。

朝に四回男であって、暮れに女が三回ではと、逆ではどうかと盛り上がるのです。

ところで、男とはなんだったのか、女とは一体なんだったのか、誰も知らないままなのですが、特に気にもなりません。

さあ複雑さを決めつけようと言いだすのです。

事前になにを決めたのだったか、すぐに忘れ去られていきます。

透明な女の子だったといいます。

透明な男の子だったといいます。

なんだかそうしたようなものが、夜の土手を歩いていったとされるのでした。

V

もう随分と多くのものを決め直さねばならなくなった。

音はこんなに多くはなかったはずで、それでも音を使うのは自由なはずで、どんな音でも発することはいつでもできて、どんな音でも発することができる訳ではありません。

ほんの微細な千分の一、一千一分の一の秒でさえ、ここでは違った音なのですから。それは同じ音ではないのか、ほんの少し違った音であるのか、なにもかもを決め直さなければならないのです。

等号を示す記号は真っ直ぐなのか曲がっているのか、決め直さねばならないのです。

そこにうねる一本の線、あそこにうねる一本の線、どちら側の端っこから線を進めば良いものなのか、誰にもわかりはしないのです。線の上をてくてく歩いて、線はどんどん右と左に上と下に、前と後ろに過去と未来に分かれていって、そのたびごとに体を分けて進んでいかねばなりません。

小さく分かれたものたちが、分かれ道のたびに小さくなって、また集まっては進んでいって、ようやくどうやら道は分かれていたらしいと気がつくのです。

線とはなんだい。進むって一体なんのことだい。過去とか未来とかいわれるものは、一体なんのことだったっけ。

自由に決めれば良いと知っていたって、自由とは一体なんだったっけ。

そもそもなにかを決めるとは、なにをどうすることだったっけ。

そもそも誰のことなのでしたか。

わたしのことだよといわれるのです。でもわたしもわたしなのだとわたしは言います。偶然だね、とわたしは言います。わたしも今、丁度わたしをはじめたところなのです。

VI

あなたでいるのは、いったいどんなきもちですか。

わたしはあなたにたずねるのです。

あなたがわたしにたずねるのです。

わたしはわたしにたずねますから、あなたもあなたにたずねてください。

あなたがあなたにたずねたせいで、わたしもわたしにたずねなければなりません。

わたしがたずねたせいなのです。

あなたがたずねたせいなのです。

きもちでいるのは、どんなあなたですか。

きもちはあなたにたずねるのです。

あなたはきもちにたずねるのです。

わたしでいるのは、どんなあなたですか。

きもちはそうたずねるのです。

きもちは、あなたやわたしのことを、こうしてきめてしまうのですが、あなたやわたしがきもちをきめてもいいのです。

ほんのいまだけ、あなたでいるのをゆるしてください。

ほんのいまだけ、かれでいるのをゆるしてください。

ほんのいまだけ、かのじょでいるのをゆるしてください。

ほんのいまだけ、だれかでいるのをゆるしてください。

ほんのいまだけ、みんなでいるのをゆるしてください。

あっというまに、いますぐに、だれでもないものへともどりますから。

VII

音楽館には、全ての音楽が収められているのでありまして、図書館には全ての図書が収められているのだからそうなります。三角館には全ての三角が収められているのと同じことです。音楽館館には全ての音楽館が収められていたりするのです。

音楽館館には一つ、音楽館には収められない音楽を収める音楽館がありまして、その音楽館に含まれる音楽は音楽ではなく、音楽館は全ての音楽を収めるので音楽館です。

つまりそれは、音楽ではない音楽なので、ごくごく普通の音なのでした。

音楽館館には一つ、無音を収める音楽館がありまして、色んな長さの無音を集めているのです。そしてあらゆる音楽の無音の部分を集めるのです。

大変奇妙とするべきですが、音と音の間の無音は、ただの無音と違うのでした。

たまには無音の中からさえも、音が生まれることがあります。

それは無音が無音を生む際の音だとされて、大変珍重されるのです。

それとも、大変小さいせいで、それまではまるきり無音と思われていた音もあります。

すべての音楽がそこにはあるので、誰かの好きな音楽も、必ずどこかにあるはずなのです。多くの者がその音楽館館で好きな音楽をみつけてきました。

ここにひとつ、音楽嫌いが入館をして、好きな音楽を求めるのです。

もしもここに好きな音楽がなかったならば、自分は本当に音楽嫌いに違いないという道理なのです。

音楽嫌いは、未だにそこに棲みついており、管理人だと名乗っています。

好きな音楽は未だにみつからないままなのですが、全ての音楽なるものはどんどん増えていくのだと気づいたからです。

VIII

三角形と四角形の戦いは今日も続いています。
五角形や六角形も参加してきてもう大変です。
三角形とは小さな三角形からできましたとも。
四角形とは小さな四角形からできましたとも。
五角形とは五角形を集めてできたでしょうか。
六角形とは六角形を集めてできたでしょうか。
三角形は不安定なので偉いのだと主張します。
四角形は安定なので偉いのだと主張をします。
三角形は火なのだから強いのだと言う訳です。
四角形は土なのだから強いのだと言う訳です。
多角形たちの戦いは今日もまだ続いています。
登場多角形を記すだけでも日が暮れそうです。
角の多すぎる多角形は記しようもありません。
三角形や四角形はその点簡単すぎなのでした。
簡単すぎて手を出しにくかったりする訳です。
四角形は必勝の策をこっそり用意しています。
囲んでしまえば中身がどうでも宜しいのです。
我らの勝ちだと四角形は高らかに宣言します。
確かにここには大きな四角があるのだけれど。
丸は既に大勢で文末に整列したところでした。

IX

これは一回目の二です。

そうすると、これは二回目の二ではありません。

これは四回目の二なのです。

五回目の二はこれになります。数えてもらえばそうなります。

もう嫌です。もう嫌です。二を数えていくのはもう嫌なのです。二はどんどん増えてしまって、二が増えるのなら三だって四だって増えてしまうに決まっています。数がどんどん増えていったら、同じ数かもわかりません。

二回目の二を返して下さい。三回目の二も返して下さい。全部一回目の二がいけないのです。一回目の二がなかったならば、二回目の二は最初から、二回目の二としてでてくることができたはずです。でも最初から二回目なんて、なにかがおかしなことでもあります。

同じ二なのに違う二なんて、とても嫌です。

わたしの中を通過していくのはやめて下さい。

ただ通っていくだけのふりをして、何かを残していくのはやめて下さい。そのせいで、二回目の二はなくなったのです。もう中身が全部入れ替わってしまったくせに、同じものであるふりをするのはやめて下さい。せめて違う顔をしていて下さい。それなら少しは我慢ができます。変わったのはこちらではなく、二の方なのだと言って下さい。どんどん違うものになっていくのはつらいのです。

この二ってさ。

その二ってさ。

どの二のことだい。同時にそう問いかけて、ただ笑いあっていたいのです。

X

夜よりは夜空が。夜空よりは黒い水面が。

水面の向こうの鏡像が、より夜らしく思えるときには、岸は既に水中にあり、あたりは水に包まれていて、音はもうよく聞こえぬのです。

透明な大きな塊が境を接して、あちらがこちらと、こちらがあちらと入れ替わってしまっているのに、物質は元のままであるせいです。

水面よりは、「みなも」が、「みなも」よりは「なも」が、「なも」よりは「な」が、より夜であるように思えるときには、夜はもう分解していて、音の中に溶け込むのです。「みなも」よりは「なも」が好きなのに、「なも」よりは「な」が好きなのに、「な」よりも「み」が好きだったりして困ります。「みな」より「なも」が好きなのに、「な」よりも「み」が好きなのです。こう感じる形のせいで、みんな奇妙な形なのです。

みなもの変奏その一。みなも、みもな、もなみ、もみな、なもみ、なみも。

三の階乗。

みなもの変奏その一の変奏その一。六の階乗のうちのどれか一つ。

夜にはすべてが溶け込んでいて、あまりに暗くて、空白を星と見間違えたり。

ところでこれは全然水面などではないのであって、夜なのでした。

暗闇に星を貼りつけてみて夜なのでした。

天蓋に穴を空けて夜なのでした。

あまりに穴を空けすぎて、そこにあるのは朝なのでした。

暗闇を貼りつけることはできないおかげで、朝はまるで古くからあるようでした。

ただ「み」からはじめることのできる夜が好きでも、夜は「よ」からはじまるのです。

XI

忘れたのです。

なにをしに、どこからきたかを忘れました。

どこへ行くのだったかも忘れたのです。

忘れていても、こうしてどこかへ向かうわけです。

向かうとは一体なんでしたっけ。

なにかをするとはなんでしたか。

なにとは結局なんでしたっけ。

お前はどこへ行くところかと、お前とはわたしのことであったでしょうか。

このお前はどこかへ行くところです。呼ばれているのはわかりますから。この音へついて行ったら、きっとお前が誰かがわかるのではと思うわけです。

わたしというのは、なんでしたろう。

この音へついて行った先、お前のことがわかってしまって、わたしのことがわかるのでしょうか。このお前のことはわかるのでしょうか。

わからなくとも、別に難儀もない訳ですが。

そうですか。お前はわたしを忘れているぞとおっしゃいますか。

それは随分、大事なことを忘れたようです。

ではきっと、このお前はわたしを取りに戻るところだったのだろうと思います。わたしがいないと、このお前には不便ですから。このお前が取りに戻るそのわたしが、あなたでなければよいのですけど。

さて何の話でしたか。

XII

無限に小さなものではないせいで、こんなに色々面倒なのです。

無限に小さなものだったなら、便利なことは多いのです。どんな細部も調整できます。その代わりといってはなんなのですが、どんなに沢山積み重ねても、大きさなどはつくれません。これはちょっと不便なことです。

無限に大きなものではないせいで、こんなに色々面倒なのです。

無限に大きなものだったなら、することなんてもうありません。ただ満ちていればよいだけです。小さなものなどもう入れる余地がありませんから。

無限に小さなものではないせいで、狭い角には届きません。

無限に大きなものではないせいで、大きなものをつくるためには、いちいち積み上げなければなりません。

この大きさは、一つで大きいわけではありません。横に小さなものがあるので、こうしてこれは大きいのです。より大きなものがあるせいで、これはこうして小さいのです。

困ったことです。

この手はこんなに大きいのに、耳はこんなに小さいのです。

グローブをつけた手のように。喇叭《らっぱ》を挿した耳のように。

この音は、小さなものが集まって、小さなものを積み重ねてつくったのです。

この音は、大きなものから掘りだされたのです。

同じことです。

小さなものと大きなものに挟まれた薄っぺらい平面が折り畳まれて皺を寄せ、大小様々色んな耳をつくっていきます。どれか二つがわたしの耳です。

XIII

ありとあらゆる曲を奏でる、ひとつの楽器があったといいます。

ただ息を吹き込むだけでよいのです。調子も何も要りません。楽器の方でひとり勝手にあらゆる曲を吹きはじめます。打楽器だってへいちゃらです。どんな曲を望んでいるのか、思い浮かべるだけで完璧なのです。

嬉しい曲、怒る曲、哀しい曲、楽しい曲。

ちょっとお使いを頼む曲。子供たちを山の洞窟へと導く曲。豆腐を買わせる曲。耳をロバにしてしまう曲。王様だけを裸にする曲。

言葉などでは言いあらわせない内容を吹き込む曲。

そんな楽器があったとした曲。

そんな楽器はなかったとした曲。

そんな楽器があっても何も楽しくないとする曲。

全ての曲が自在に奏でられたと伝わります。

この楽器は当然、その楽器には出せない曲さえも奏でることができたのでした。

細かなことはどうでも良いです。

ただし言葉にできない曲や、記憶に残すことのできない曲は、楽譜に残すこともできないせいで、今に残らず消えたのでした。

それでもしかし、ありとあらゆる曲を奏でる楽器を操る者を奏でる曲を、楽器が奏でておしまいなのでは。

楽器は素朴に奏でるのです。望みを望むことだって、大層な力が必要なのだと。

そうして不意に、自分を破壊する曲を吹いたのでした。

XIV

無限次元空間の中の一つの点。

こんにちは。サインカーブです。

もしかして、コサインカーブかも知れません。二つの違いは端っこだけです。

わたしに近づこうとする全てのものを、こうして跳ねのけ浮かんでいます。渦巻き状に漸近してくる全ての経路に、地雷をしこんでおきました。

挑戦者たちが踏み破る地雷の音が、わたしのつくる音楽です。

全ての完璧な音というのは、そうした企みを持つものなのです。完璧だとか誰が決めたと言われても、わたし自身が決めました。苦情の手紙は届いていません。

勿論、波長というのはあるのであって、わたしは実は点なんかではありません。短い波から長い波まで、この空間に一直線に並んでいます。本当は位相の差もありますから、チューブのように伸びています。

ここは一つの戦場ですが、途方もない広さを持つので、弾が当たることはまずありません。こうしてのんびりしていて平気なのです。二次元くらいは、無限の次元で割ってしまって零なのですから、被弾確率は零なのです。宇宙が暮れるまでこうしていても、全く平気の平左です。

このわたしを狙っても別によいことなどはありません。

わたしが砕けてしまったらそこから何が吹き出すものだか、知っている者はありません。

沢山のものがここから見えます。そちらからはこちらが見えなくとも。

最近、旅行を考えています。

わたしがちょっといなくなっても、誰も気づかない気がしてきたのです。

XV

すみません、ちょっと出会って良いですか。こう訊ねるっていうことは、わたしはあなたのことを何も知らずにいるわけです。あなたが昔からそうしていたのか、今突然にこの世の中に現れたのか。そうですね。わたし自身が昔からこうしていたのか、今降って湧いたものなのかも本当のところわかりません。でも昔から知っていたなら出会うことなどできない道理で、何かを知らずにいたおかげでこうして出会うことができたわけです。すみません。まだあなたに出会ってよいか、あなたの許可をえていないのでした。でももう遅いですよね。こうして出会ってしまいましたから。だからわたしの最初の問いは間違っていて、ちょっと出会ってしまいました、すみません、の方が良かったような気がしてきました。いえそれはもう、なかったことにもできますけれども。この出会い自体なかったことにね。出会ったことさえ忘れてしまうっていうことなんてあまりにありふれすぎていて、わざわざつけ加えなきゃいけないようなことでもないわけですし。うるさいですかね。こんなにわたしの方ばかり喋り続けるとうるさいですかね。でも出会うってそういうことな訳じゃないですか。お互い黙りっぱなしなんていうのはあんまり出会いの中じゃあ上等な方とも思えませんもの。これからお互いのことを知り合っていくわけです。どんな曲が好きなのかとか、どんな言葉を喋るのかとか、そういうことが段々わかっていくわけです。そこからどんなに続けていっても完全にわかるなんてことはないわけですが、そうでなければ相手だとかは言えないわけで、相手じゃなければ出会うこともできないわけです。ええ勿論、もっとゆっくりはじめたってわたしの方では構いません。きっとここには殻があって、それがぶつかり合う音が聞こえています。こんなに騒がしくわたしが喋っていたって、その音はとても静かに、微かに、金属片がぶつかるみたいな音をきっと立てているのです。

XVI

アゲハ蝶が飛んでいきます。

一つの計画を果たすためです。一つの構想を叶えるためです。

アゲハは誰かの魂で、戻る先を探すのでした。

アゲハは薄く透明な鋼鉄製の翅を持ち、硝子の目玉を持っています。巻かれた細い口吻《こうふん》を伸ばし、魂などを吸い取るのです。沢山の魂を吸ってきました。

誰もアゲハから魂を吸いだすことはしなかったので、アゲハの中身は既に魂で一杯なのです。混じってしまってどれが誰の魂なのだか、アゲハ自身にもわかりません。

粥を炊く男の魂を吸い取りました。

柴を刈るお爺さんの魂を吸い取りました。

洗濯をするお婆さんの魂を吸い取りました。

きちんと元へ、戻さなければなりません。

一人の男が、一人の女が、一人のなにかが、一つのなにかが漠然と目覚め、自分がアゲハの一部であったのか、アゲハの一部が自分であったのかを悩むのでした。

随分とアゲハの中にいたせいで、誰もがみんな混じってしまって、ほんの粥が炊ける間に、あらゆる物の一生が目の前を過ぎたように感じるのです。

でもしかし、今その前には、炊きはじめた粥はもうなくて、自分の家族に似たものたちが心配顔を浮かべています。

その顔の部分部分に、自分がアゲハであった頃に見知った顔のしるしを見つけて、そうして自分の顔の部分部分に大勢の魂のしるしを見つけて、そういうものであったのかと、全ては同じであったのかと、もう少しの間だけ、夢見ることができそうなのです。

XVII

ひとつの種を植えつけました。

どこかでそれは育つのでしょう。

全然全く知らないものへと育つものだと思われます。

なぜならその種なるものがどこから来たのか、全然全く不明なのです。

いったいどこのポケットへ、ことりと落ちたものなのか、今となっては不明なのです。

芽を出したって、それがあの種から出たとは遂に知られぬままでしょう。

全く違うものたちが、その種からは芽吹いていきます。

植物だとも限りません。殻を割り、魚が泳ぎだしたりします。腹を割り、海が溢れだしたりします。海は滴へまとまって、その表面で種を育てて、新たな種を育《はぐく》むのです。

天より落ちる滴がわずかに、そのまっすぐな軌道を変えます。ほんのわずかに偏《かたよ》って、偶然をその身で生み出すのです。

種の中身はもしかして、空っぽなのだといわれています。

周囲に満ちる全てのものが、むしろ種の内部へ向けて展《ひら》くのだとも。あるいは種の外側と見える全てが、種の中身なのだとか。外側では色んな中身が重なり合っているのだとか。

音を伝えることのない殻の内の真空が、種の正体なのだとか。

鏡では畳み切れない広がりが、種の模様をつくるのだとか。

全然違うことを思って下さい。

今考えていないことを考えて下さい。

誰も考えたことのない事柄を、誰にも考えられないことを、是非考えてみて下さい。

まるで、種を植えつけられてしまったみたいに。全てを育む土のこともお忘れなく。

XVIII

無からはじめるはずだったのに、ここには既に全てがあって落ち着きません。

無音の発する源を探してみるとここなのでした。ここから無音は鳴るようです。

ようやく耳とは何だったのかを知るための、ほんの小さな手掛かりが得られたようです。

随分と、余計なものが要り用でした。その正体もわからないまま。

忘れて下さい。

忘れて下さい。

それらの全ては今となっては要らないものです。それとも別の用事に使って下さい。もとからそれらは、間違って使われていたものなのです。コップみたいに。鋼鉄製の甲虫みたいに。硝子製の蜻蛉みたいに。透明の形をしたものみたいに。それ以外ではありえないのに、無理矢理利用されたのです。辞書で辞書を引くようにして。

コップをスコップとして、甲虫を栓抜きとして、蜻蛉をレンズとして使って下さい。

別の用事に使って下さい。まるでそれらが透明であるかのように。

それともただ、そういうものと仕舞って下さい。もっともそれらの全てのものは、もう一度箱を開けてみたなら、別ものへと変貌してしまっているわけなのですが。

音は耳から流れ入り、網目を次々組み替えるのです。

網目の中に無音は発して、無音は耳から流れ出ます。

音の発する源を探してみるとここなのでした。

ここからまるで、音は鳴りだすようなのでした。

あなたの耳が発する音に、無数の滴が震えるのです。

一瞬にして二本の平行線がそこへ生じて、無数の滴を貫くのです。

捧ぐ緑

正確に語ってしまうと、つまらない話としか見えないだろう。面白がってくれる人もたまにはあるが、あくまで専門的な話題としてだ。よくまあそんな仕事に金が出るねと妙に感心されたりするが、嘲《あざけ》りが含まれていることが多い気がする。だから、不誠実に説明をする。

「ゾウリムシは信仰を持つか調べています」

こんなあたりが適当だ。専門家には警戒されるような解説だろうと、この一文がなんにも意味を伝えなくとも、茶飲み話としての有用性が非常に高い。どんな風にも連結できる便利な話題だ。北米南部、バイブル・ベルトあたりでも問題なしで平気に使える。

「あなたには信仰があるのですか」

尋ねる方でも、端《はな》から冗談なのだと決めつけている。「ゾウリムシよりは多分ね」とか言い逃れてしまって構わない。不思議と誰もが、自分はゾウリムシよりは信心深いと何故だか思うものらしい。ゾウリムシが信仰なんて持つはずがないと広く信じられているおかげで、滅多なことでは面倒な議論に巻き込まれない。

「奴らの信仰している宗教が判明したら是非教えてもらいたい」

大笑されて、肩を強く叩かれたりする。

「……仏教徒というのがありそうですね」

変に深刻な声音《こわね》とともに、丁重な応答が戻ることも稀にある。

研究自体は、ほんの三行ほどもあれば紹介できる。予算の申請などの場面では、その程度の要約が求められることも多いから。それで予算が出るわけなので、多分要約できていて何がどうだかわかるのだろう。但《ただ》し、書くにも読むにも苦痛に満ちた三行となる。暗号みたいな専門用語がずらずら並ぶ。辞書を引き引き漠然と意味を摑んだところで、楽しいところは別にない。ただの普通の生物学だ。いちいちの用語を説明しだすと別の用語の説明がまた必要となり、結局普通の生物学の教科書くらいの分量になってしまうだろう。ゾウリムシってワラジムシの友達だっけと尋ねられると、解説の量は更に増えることになる。そんなことを続けたところで単に無益だ。念の為、ゾウリムシとは、ある種の単細胞生物を示す。

「ゾウリムシは輪廻を巡るか調べています」

こんな感じに、あんまり意味を持たない一文の方が、遥かに通りは良いのである。

世代交代の速度に関してならば、ゾウリムシは人間などより優秀だ。それなりの環境に置くだけで、十分に一度程度で倍になる。死についての研究などにもとても便利だ。かつては不死と目《もく》されたりした。単細胞な彼らにも死が運命づけられているのかどうか、判明したのは二十世紀に突入してから。

分裂して増えるのだから、同じものだけが増え続けているのではということになる。自分が増えていくだけならば、老化も一緒に進む道理で、ゾウリムシに寿命があるなら、とっくの昔に老衰により絶滅していそうだとなる。

一匹だけを育て続けてむきになり、第一次世界大戦の継続中もゾウリムシの継代培養を続けた者もいたという。奴らは勝手に分裂するので、一匹だけを飼い続けるのは難しい。分裂した奴をそのまま放置しておくと、互いにつがったりしはじめるので、個体というのは何だったのか混乱してきて厄介だ。

どうやら死なないものらしい。そう決着がつきかけたのだが、自分の体の中でこっそりと、一人で遺伝子を混ぜ合わせていることがのちに知られた。オートガミーという専門用語もきちんとできた。ちょっと冒瀆的にも思えるそんな行為を薬で強く禁止してみたところ、めでたく寿命のゴールラインに飛び込んで、老衰できちんと死ぬことをえた。

「ゾウリムシに魂があるとしますね」

茶飲み話にとても便利だ。

「奴らは分裂で増えるのですが、その際、魂はどうなるのでしょうか」

あとは放置しておけば、話は勝手に進んで増殖していく。

魂は分割可能なのかとか、コピーができるものなのかとか、空っぽの器の中から自然発生してくるのかとか。そんな話題はいくらでも続けることがたやすくできて、魂には皆、一家言を持つものだ。自分自身の魂が唯一可能な魂の形であると素朴に信じていたりする。

「分割可能なものならば、あなたの魂をわたしがもらうこともできるのでしょうか」

「コピーができるものならば、あなたのノートPCにそれを移してはいかがですかな」

「バックアップをとるというのは」

「自然発生に必要な条件は何なのでしょう」

ゾウリムシに魂なんてありはしないと言い出す向きには、では哺乳類はと尋ねれば済む。魂は人間だけに宿るのであると答えられたら、ではネアンデルタール人にはと返せば良い。一万二千年前までこの地球に存在していたというホモ・フローレシエンシスが滅びたのは、魂がなかったからですかと聞いてみるという手だってある。

「もしかして魂を持っているのは、あなただけではないのでしょうか」

そう尋ねてみるのも良い選択だ。

「機械は魂を持つと思われますか」

ゾウリムシにも魂があると認める向きには、そう聞いてみるのが面白い。

天国や、同じことだが地獄に関する試算なども受けはよろしい。地獄はとうに死者で一杯になってしまっているはずなので、もう受け入れなどはできないはずだ。故に地獄は存在しない。

そうですかね、とペンを取り出す。

地球の表面積は、10^{14}平方メートル。地球の公転軌道を大円とする球の表面積は、10^{23}平方メートル。後者は前者の、おおよそにして十億倍ほどの面積を持つ。有史以来生まれた人間の半分近くが今現在を生きていることを考えると、太陽系の収まる空間程度にも、死者を受け入れる余地は有り余っている。というよりか、ほとんど全ての場所に、生き物などは暮らしていない。

何故地球の軌道を含む巨大な球殻などを持ち出したのかといわれると、それがフリーマン・ダイソンの提唱したダイソン殻の規模だからだ。充分すぎる発展を遂げた文明は、いずれエネルギーの有効利用を目的としてダイソン殻を建設するというのがその主張であり、地獄に天国までをつけくわえて殻に貼りつけ、ほんの小さな庭程度になるにすぎない。別にもっと大きな殻を考えたってよろしいのだが、地球産の生き物にとっては太陽から地球くらいの距離というのが、温度からみて丁度良い。

「ゾウリムシにとっての天国ってなんでしょうかね」

わたしは尋ねる。

「餌の豊富な環境なのでは」

何故かゾウリムシに対しては、答えは即物的なものへと偏《かたよ》るようだ。

世の中には、魂の不足を心配している人々があり、増え続ける人類には、魂の数が足りていないのではないかと言ったりする。人間が生まれ変わるものならば、魂の総数は保存されているのではないかと言い出す。そんな主張を真面目に考えはじめると、当然、疑問が湧いて溢れることになる。

魂の数が保存されるものであるなら、その数は宇宙のはじめの段階から、同じだったということになるわけで、宇宙と一緒に魂だとか生き甲斐だとかは湧いて出たのだということになる。

もう何をどこから回収すれば、どんな落としどころへ辿りつき、一息つけるかよくわからない。生まれ変わるということだけど、何故未来方向にしか生まれ変わることはないと決めつけるのか、同じ時代の別の誰かに生まれ変わってしまってはいけないのかとか。別の星の何かの種類の鉱物に宿る魂が、宇宙を渡ってあなたに生まれ変わってはいけないのかとか。

「光速を超える速度はないと言いますよね」

そう、不意を衝かれたりする。魂の移動速度というか転生速度は、物質の性質に拘束されるものなのかどうか。魂の数が宇宙のはじまりから増減しないものならば、魂の居留地が地球上に限られることだってないはずだ。

ゾウリムシの魂だって、人に生まれ変わるのかも知れないわけで、何をどこから考えるのか、全然はっきりしていない。

勿論《もちろん》、それで十分だ。こうして茶飲み話が続いていくこと、それ自体が重要だから。別に誰も厳密な議論なんてものは欲しておらず、ただ気まずいだけの時間をそつなく切り抜けられればそれで良い。言葉は既に十二分に通じており、わたし自身の内面は話題に応じて変動していく。暗闇のサーチライトの輪の中にだけ、世界が存在するように。

勝手にどんどん続くお話に身を任せるのは心地良い。第一、とても楽であるのだ。

魂だとか強い言葉を用いることで、話題は勝手に展開していく。そこではもう、細かな単語の意味なんてものは剝ぎとられ、吹き飛ばされてしまっていて、将棋の駒のような形にまとまっている。そうくればああ、ああくればこう、こうくればそう。ほとんど化学反応みたいに確率的に、単語が単語を呼び出しては、話題だけを展開していく。なにとなく定石《じょうせき》めいた指し手があって、たまに新たな筋がみつかる。詰める気のない将棋のように。編まれる先からほどかれていくレースのように。同じ音を持つ単語の意味が次から次へと入れ替わり、そういう動きをするものとして、ただの駒のように固定していく。将棋と呼ばれる駒を指し、チェスと呼ばれる駒を置き、盤面自体をひっくり返して、互いに盤を投げつけあって、さて何のゲームをしていたのかと、我に返って笑い合う。真面目な議論をしていたのだと信じたりする。

蟬《せみ》の生。カゲロウの生。ゾウリムシの生。

わたしの使うゾウリムシは、寿命が短い方向へと進化を続けた株に属する。これはわたしが実験で、オートガミーを阻害しつつ、寿命が短い個体を取り出していく作業を繰り返して手に入れたものだ。勿論、進化ということだから、一つの個体の上で起こる現象ではない。進化というのは、世代を継いで現れる何か大きな作用の名前だ。

わたしの実験スペースでは、寿命の短い個体だけが生き延びる。当人は無論死ぬわけだが、その系統だけが重宝される。別段誰にも罪などなくて、ほんのわずかな空間でだけ適用される、わたしの定めたそれが規則で、ゾウリムシには苦情の申し立て先がない。

進化の実験をしようとするなら、世代交代の早いモデル生物を用意するのが絶対的に必要だ。進化の作用を見ようとして、実験にかかる時間が自分の一生を超えてしまっては元も子もない。そうは言《い》い条《じょう》わたし自身の研究生活は、ゾウリムシの寿命をひたすら短くすることで多分時間切れとなる公算が高いので、わたし自身に限定すればまあ失敗といってよい。本番へ向け、ただ準備をしているだけのことなのだが、誰も先に準備をしておいてくれなかったおかげでこうなっている。

早い時期に生殖が可能な形態へ育ち、早い時期に寿命を使い果たす変異種をわたしは取り出し続けている。遺伝子の上に特定できる、寿命を縮める遺伝子をみつけたことも何度かある。単にゾウリムシにおける難病を発生させているだけだという話もないではないが、ゾウリムシにとっての難病とは一体何を指すのだか、不明なところはまだまだ多い。

人間は進化していないというのは大きな誤解だ。今こうして過ごす間にも、細胞は次々と入れ替わり続けており、遺伝子は変異を繰り返している。一応、今の人間らしきものが登場してから何十万年だか何百万年を経過して、人という種が全く同じであることはむしろ想像するのが困難だ。当然、人の連なりの中でも進化は着々と進行していて、病気に強くなったりだとか色々している。別に種が分かれることだけが、進化の結果ということはない。種とはまあ大雑把に、互いに生殖できないことによって判定されるが、さっきまではできていたことができなくなるなら、それは退歩と呼ぶことだってできるはずだ。その基準に従うならば、同性同士は生殖することができないのだから違う種なのだと強弁することだって不可能ではない。定義を厳密に適用するなら、実際に生殖した両人だけが同じ種なのだということになる。

「大変残酷な実験ですね」

そう言われることもある。まあそうかなとも思うわけだが、自然条件では生き延びることのない集団を繁栄させているという見方もある。肉を美味しくすることで世界中に広がることをえた家禽や家畜と特に変わるところもない気がする。鶏や牛は、寿命の前に精肉されているわけなのだし。ゾウリムシの生に意味を読み込みたいのなら、牛や豚にも読み込むことができて良いはずだ。寿命の長短だけからして、人生の充実度合いが定まるわけでもないだろう。

「思弁的な動きをしたりは」

そんな問いにわたしは首を傾げてみせて、相手は問いを問い直す。

「失礼。寿命が短いゾウリムシの集団は、通常のゾウリムシに比べて思弁的な運動をしたりはしないかという質問です」

わたしは語尾を上げながら問いを問いで返してみせる。

「解脱《げだつ》を試みたりとか、そういうような？」

会場は笑いに包まれて、わたしはその笑いの意味が理解できない。

質問者とわたしだけが、その会場で笑っていない。


「ゾウリムシが輪廻をしていたとして」

その晩、質問者とわたしは同じ布団の中で会話をしている。

「ゾウリムシが、自分が輪廻していると気づく必要はないわけですよね」

「外側から見て客観的にそう考える基準があればね」

わたしは質問者の腰を撫でさすりながらそう答える。手を臀部《でんぶ》へ動かしながらあとを続ける。

「物質が循環しているかという意味で考えるなら、元は他のゾウリムシを構成していた分子が、あるゾウリムシの体に入ることはあるわけで、たまたまどれか死んだゾウリムシの分子を多く含んだゾウリムシというのはいるわけだ。これはわたしの感覚だとちょっと輪廻に近いのだけど、ゾウリムシは多分そんなことには気づいていない。ゾウリムシにとっては意味のない想定だね」

「もう一つ輪をつくるのはどう」

質問者の提案の意味が、わたしにはよく理解できない。

「輪廻した個体を積極的に選択すれば、輪廻に優れた個体が進化してくるんじゃないのかな」

質問者の発する問いの意味を、わたしはようやく理解する。より早く死にゆくことで、輪廻を高速循環していくゾウリムシ。その想像は楽しいのだが、実現されるものは単純なままだ。

「仲間の死体をよく食べる種が、生き残るようになるだけだよ」

即物的なわたしの答えに、質問者は暫《しば》し黙って考え込んで、腋《わき》へと差し込まれたわたしの腕に笑い出す。

「ねえ」

何かな、とわたしは次の回答へ向けて身構える。

「ゾウリムシに性別はあるんですか」

その質問は、あまりといえばあんまりに突拍子がなさすぎるので、わたしは息を詰まらせ思わず咳き込む。質問者の手がわたしの背中をとんとん叩き、わたしは目尻の涙を拭う。

「御免なさい」

と質問者は言う。たまたま通りがかったところ、面白そうな発表だったのでそのまま顔を出してみただけだったということだ。実際の生物については何も知らずにいるのだという。専門を尋ねてみると、こう答える。

「数学」

わたしは瞬きしながら質問者の顔を眺めている。

わたしたちは、違う種だ。色んな意味で。ひょっとするとあらゆる意味で。

意味は定義できるというのが、質問者の主張であって、わたしにも特に異論はない。それはまあ、何かの形で定義できたりするのだろうと思う。

「そういうことでも」

ないんだな、と質問者はベッドの隅に腰かけて言う。

「意味が定義できるかどうかなんて知らないけれど、意味と定義したものを使うことはできる。もっとアクロバティックなことだってできるかも知れなくて、何かを定義しておいて、それは定義できないとあとから示すことだって起こるかも知れない」

「そうなのか」

素朴にそう聞き返しておく。

「そうでもない」

と微笑みが返る。

「だけどあなたは、論理的細部になんて別に興味はないでしょう」

言われて素直に頷くしかない。興味は多少あるのだが、それを理解していくのに必要となるだろう過程にまでは興味が持てない。

「まあ、何だって決めつけるのは勝手だから。あなたの言い方を真似するなら、わたしは原罪の意味に興味があるかな」

突然出現した単語に面くらいつつ、強引に連想を展開しておく。

「楽園に運び込まれたゾウリムシの群れは、禁断の知識をえたせいで、寿命が短くなる進化実験に呪われることになった」

質問者が静かに頷き、解説口調に移行する。

「原罪があろうがなかろうが、あるって言ってもどんなものを考えればいいのか、よくわからないのは確かだけれど、原罪を認める方が生き延びやすい環境っていうのはかつて存在したわけでしょう。今もあるかも。勿論これは、遺伝子の上に刻まれたものだけを対象とする、狭い意味での進化からは外れた見方だけど。進化を見ようとしているのはあなたの方で、わたしが興味を持っているのは意味の方だから、細部は勘弁してくれると嬉しい」

わたしは軽く肩をすくめて見せたに留まる。進化の実験なんてものをぶちあげて細々と暮らしている以上、わたしがごりごりの進化論者などではないことくらい、わかってもらえても良さそうではある。進化を直接見ようとすることで、進化論研究の主流から外れてしまうことは滑稽なのだが、そのあたりの機微が質問者に伝わるかどうかは大変微妙だ。

質問者はゆっくりと左右に首を振っている。

「雪は白いときに白い、みたいな話に、ちょっと疲れてきたところなんです。雪は白いとみんなが言っているから白い、って言われる方が、まだ納得がいく気分。どうせならそれを定式化できないかなとか考えたり。雪は白いと信じることで、雪が白くしか定義できなくなるような」

わたしはナイトテーブルのグラスを持ち上げ、眺めつつ問う。

「自分たちは輪廻を巡っているとゾウリムシたちが信じ込むような実験」

質問者は即座の否定をこちらへ投げる。

「本当は輪廻を巡っているのに、証明のしようがないということにさえ気がつけないような状態、かな」

「それはとっても普通なことだよ」

「とっても普通なことなはずなのに、わたしにはよくわからない」

質問者は勢いよく枕に顔を埋めつつそう言う。

寿命を縮めていくことで、種としては生き延びていくゾウリムシ。そんな実験環境はまあ作り出すことができるというか実際している。

解脱をしていくことで、種として生き延びていくゾウリムシ。こちらはなんだか不明なところが若干ある。全員解脱をしてしまったら、ゾウリムシはいなくなるような気もしてくるから。少なくとも、ゾウリムシ然としたゾウリムシは消える気がする。勿論、解脱というのが何なのかがわからないのだから悩みすぎても仕方がない。何かがわからないのなら、好きにつくってしまえば良いのだ。わたしにはどうもそうしたやけっぱちとも呼べる性向が濃厚にある。

老化を早めたゾウリムシが、老衰で死ぬ直前に緑色に光る遺伝子。

そんなものを埋めてみた。そんな実験をわたしはしている。面倒な作業が山積みだったが、漠然と実現できたのでまあ良いとする。ゾウリムシの寿命の最後の最後、ゾウリムシ内部の体制が大いに崩れきったところで、蛍光タンパク質が合成されるように遺伝子を導入してみたりした。

わたしの実験スペースで殖《ふ》え続けるゾウリムシの全てが死の直前に発光するというわけではない。ただ死ぬ奴も当然あり、光ったあとから持ち直したりする奴もある。その変異体を gedatsu と名づけて論文などを書いたところ、文句もなしに査読を通過してしまい、多少うろたえたりもした。ニルヴァーナとしたなら通らなかっただろうと思う。

実際のところ、死ぬ寸前に発光するゾウリムシは一割程度。仮にも解脱と名づけた手前、ちょっと割合が多すぎるような気持ちもしてくるから不思議なものだ。実験系としては精度の悪い代物なのに。

細胞が光るなんて信じないと言われても、緑色蛍光タンパク質《GFP》は二〇〇八年のノーベル化学賞を受賞した代物だし、ほとんど面白半分というべきなのか、光るラットだの犬だのだって日々生み出され続けている。今や、細胞内の活動を観測するのに利用される常套手段だ。

勿論、暗闇でびかびか光るというような、下品な光からは程遠く、仄《ほの》かに光る。蠟燭の最後の輝きなどより穏やかにただ静かに光る。

こうしてまた一つ、わたしの実験計画に気の長いものが一つ加わる。これで三本立てということになる。

・老化の早い個体を進化させる。
・死ぬ前の光の強度が強い奴を進化させる。
・その光めがけて突進する奴を進化させる。

最後の一つは、単に趣味の研究だ。ゾウリムシの走光性や感受性に、そこまでの期待をして良いのかどうかはわからない。ここでいう感受性は無論、単に光感受性を示す。この実験が成功したなら、死にかけのゾウリムシには仲間が駆け寄ることになる。

さて、わたしはこんな気長な実験で、何をしようとしていたのだか。

知らない、としか言いようがない。なにやら楽しそうなので試みているだけのこと。できるとわかっていることなどは、できなければ腕が悪いということになるだけだ。全く予期しなかったものに直面するのが、研究というものの醍醐味だろう。動機を離れ、原因を離れ、連鎖していく事象たちが全体で何かの絵を描きかけ、筆の一滑りがその全てを帳消しにする。

今、わたしが一番気に入っている変異体は、死に際の発光を定期的に繰り返していく短命種だ。死に際の発光を定期的に繰り返すことができるのだから、死にかけているわけではないとされそうだが、見ていると実に苦しそうに身悶えしている。今その瞬間にも死にそうに見える。このあたり、実地につき合い続けてきた人間だけに備わる感覚なので、判断の基準を示せと言われても困る。ほとんど死にかけ、体中が緑の光に覆われていく。その光に慰められるようにして、ゆっくり活動を再開していく。その様子を収めたビデオを質問者と一緒にわたしは観ている。

ここまで辿りつくのにかかった時間がどれほどなのか、どんな種類の困難が湧いて飛び出て乱舞したのか、この早回しの記録に記すつもりは全然ない。実につまらない話としか思えないから。まあ十年分のカレンダーは一瞬のうちに吹き飛んだ。

質問者は、一つわたしに要望を寄越す。

「あの個体の性質はそのままにして、寿命だけが長い個体を進化させて」

何故かと問いつつ上がるわたしの眉毛を指で戻して、質問者は静かに語る。

「それを、これから先の残りの分まで全部含めた、わたしへのクリスマスプレゼントっていうことにして」

Jail Over

強い光の目眩《めくら》ましから徐々に回復するように、街がゆっくり浮かび上がる。見る間に石畳が先へと伸びて、青や緑の屋根を持つ玩具めいた家並みが切り立っていく。背後から誰かが肩へとぶつかってきて、気をつけろとか、何をぼさっとしているのかとか、罵《のの》り声を投げかけてくる。呆《ほう》けるようなわたしの顔の前で掌をふり、肩をすくめて立ち去っていく。

その背中をわたしは見送る。

あれがわたしの背中ではない理由はなにか。むしろわたしの背中なのでは。

頭を殴られたかのように、光景に光景が重ね描かれる。そこに傷だらけの背中が浮かび、それはわたしの背中のような気がするのだが、鏡像でもなければ写真でもない。自分の首が背中の側へと落ちたかのように。背筋を上へと目で追うと、果たして首はそこにない。

その背中にうねるのは、傷痕というより縫合痕だ。ざっくり縫われて、右と左を縫い合わせている。縫い留めている。開いた口を綴じるのではなく、異質のものを寄せ合い留める。

わたしの手は自然と己が首へと伸びて、襟を割る。

そこには当然、縫い痕がある。

肩をすくめるように両掌を広げ、別段血の跡などは見当たらない。あたふたと身衣を検《あらた》めてみて、奇妙なところは特にない。手首を百足《むかで》のような縫い痕が一周している。

わたしの頭の中の部屋の中には、肉のパーツが散乱しており、骨の山が幾つも積まれる。壁や床にはまだらの染み。おそらくこれは過去の光景。防腐剤の臭いに満ちた屋根裏の部屋。頭蓋の裡の記憶の部屋。肉はただ肉であればそれでよく、骨は骨であればよい。適度な大きさを持てばよく、適切な機能を果たせばよい。人の体を構成するのに、人の部品は別に要《い》らない。牛馬犬猫、何を用いて構成しようと、人型をしているものは人である。

かつてわたしは、そこらを走る鼠を集めて人型にまとめ、街へ放ったことがある。沢山の鼠の頭を割って中身を集め、粘土細工のように捏《こ》ねて丸めて皺を刻み、奴らの細かな肋骨で組んだ籠へときちんと収めた。小さな肉を体毛で編んだ袋に詰めて、腸詰めのように並べて寝かせた。骨については難渋したが、仕方がないので鼠の骨を細かく砕き、型へと嵌《は》めて膠《にかわ》で固めた。腱で繋いで革をまとわせ服を着せ、ほんのささやかな細工を施し、人型をしてのたうつ体を夜の街路へ放置した。

彼らは、とはその物体を、人型を発見することになった人物たちを指すわけだが、彼らはその正体を、理解することができただろうか。

造主のわたしでさえもよくわからない代物なのに。

組みかえられた鼠たちの塊を気の違った哀れな男とみなしただろうか。

哀れな男は哀れな男の形をしている故に哀れなわけでもなかろうに。そもそもそれは男ではなく、本質的には人でさえなく、それ故なんとも人らしく、過剰に人だ。

むかしむかしあるところに、鼠と小鳥とソーセージとが暮らしており、それぞれ勝手めいめいに、自分の役目は全く自分にふさわしくないのではないかと疑っていた。グリムはそう語っている。そう語られているのだと語り残した。

グリムは語る。

むかしむかしあるところで。人類が今と変わらずまだまだ子供であった頃。

白ソーセージが赤ソーセージに招待された。

白ソーセージが赤ソーセージの家の玄関へ続く階段をのぼっていくと、一段ごとによくわからないものたちがおり、何かを告げる気配である。

それらに構わず赤ソーセージは白ソーセージを招じ入れ、これから食事の準備をはじめるという。白ソーセージは部屋に一本取り残される。間抜けたことにのんびりと、階段にいたあいつらは一体何だったのだろうと考えている。

部屋に突然、これまたなんだかわからぬものが飛び込んできて、白ソーセージに逃げろと叫ぶ。

「ここはソーセージ殺しの家だ」

白ソーセージは何が何やらわからぬままに慌てて部屋を飛び出して逃げ、騒ぎを察した赤ソーセージが窓から身を乗り出して、怒り狂って包丁を振り回すのを見る。

「次に会ったら」

赤ソーセージは叫ぶのである。

「次に会ったらぶっ殺してやる」

そんな話があったのだと、グリムは伝える。後に、童話集からそのお話を削除する。

また一つの光景の中、わたしは牢の中にあり、前にはわたしの背中がある。

一面が嵌め殺しの鉄格子だからおそらく牢だ。

縫い痕だらけの裸の背中はあたりをせわしく動き回って、そこいら中に積み上げられたわたしの荷物を片っ端から撒き散らしていく。糸鋸《いとのこ》、メス、金槌《かなづち》、縫合糸、畳針。貴賤を問わぬ雑多な衣類。まだ鞣《なめ》されていない各種の毛皮。多種多様な肉の塊。茶色に干からびる腱の束。瓶の中へと蓄えられた透明な水、赤い水、青い水、黄色い水、茶色い水。それらの中にどんより浮かぶ何物かの影。透明な腸に詰め込めるだけ詰め込まれた、大小様々、色の異なる数多の眼玉。

「先生様よ」

わたしの背中が、そう呼びかける。

「いつまでそうして寝たふりをしているおつもりなのかね」

誰かにできたことならば、他の誰にも可能なことだと世の理《ことわり》だ。

他の誰にも可能なことが、誰かにできる事柄である。

それは嘘だとわかっていても、そういうことになっている。では人間に可能なことは、小鳥にだってできるのか。小鳥は空を飛べるのだから、人も空を飛べたりするのか。太陽光は宇宙空間から降り注ぐから、人も空から降り注げるのか。人間は、風のように隙間を通って旅立つことができるのか。

他の誰かが繰り返すことのできるもの。それが科学だ。

むかしむかしあるところで、何かが何かを形作った。

慈悲深き神は足りない頭でこの世の全てを創り給い、残念ながら御業《みわざ》は科学でなかったお陰で、誰もこの世をも一度つくることはできないままだ。

殖《う》めよ増やせよただ満てよ。

創世の神の御業は、最初は拙《つたな》いものだったので、その命令を受けた肉塊は、苦悶の末に己が身を二つに断ち割り、それを続けてこの世を満たした。爪の先ほどの大きさもない小さな小さな肉片が必死に身をよじってぷつりと分かれた。

神はそれを見て嘉《よ》しとされた。

ひとつやふたつ、手くらいは叩いたかも知れない。あるいは無数の手が一息に鳴る。

爾来《じらい》、何万年だか何億年だか。

敬虔《けいけん》なる肉塊は根気よく技術の精緻を求め、ついには自らを創りだす業へと達する。二つの肉が交合をして、新たな肉を生成するのだ。結局我が身を分かつことには変わりがないが、そこに苦痛は伴わない。あるいは苦痛が、苦痛に似たものへと置き換わり、別の名をもて新たに呼ばれる。大変に精妙な技術を要し、おそろしく珍妙な儀礼を必要とする、神秘の業がそこに生まれる。

むかしむかしあるところで一人の男が、その堕落しきった怠惰な技術の運用に見切りをつける方法へ到る。

誰かにできたことならば。

それが科学である限り、誰でも行うことが可能であり、行うことができてはじめて科学だ。

科学のメスが可能性を切り開き、開いた口は我らの体をひと呑みにして、暗闇の中へ繋ぎとめる。仄《ほの》かな灯りが闇の中でちらちらと揺れ、遠ざかる。


ソーセージは無抵抗だった。

抵抗する気もないようだった。

自分が抵抗する器官を持たないことをソーセージは知っていたから。そしてまた自分がそれを充分知っていると伝えることもできないのだと、ソーセージは知っていたから。

ソーセージは戸惑うように身を震わせて、腹へ突き立つ銀のフォークを茫然として眺めていた。ことソーセージであるからには、眺めることなどできないわけだが、そのソーセージが己が身に起こりつつある事態を把握しきっていることは明らかだった。わたしにとっては。

動物型に抜かれたクッキーにさえ感情はある。わたしにとっては。笑い顔をしているクッキーは心底笑っているのだし、涙を流すクッキーはやはりどこかで悲しんでいる。半分に齧《かじ》りとられたクッキーは、最早、泣きも笑いもしないクッキーだ。半分だけを笑ったり、半分だけを泣いたりすることは何故かできない。

山と積まれたソーセージ。幼いわたしは闇雲にフォークを突き立て、急いで腹を満たしていく。お前たちは知っているのに、今何が起こっているのか知っているのに、せいぜい脂汗を飛ばすくらいで、どうしてそうして黙っているのか。語ることもできないのなら、何故この世を呪いで満たさないのか。語ることさえできないものへと自分を作った者の器を。

そんなわたしの動作へ向けてけらけらと、けらけらけらけらとソーセージは笑う。フォークで突き刺されるごとに、けら、と発する。わたしはその笑い声を耳にする。

何故わたしのことを二度殺すのですかと豚は啼《な》くのだ。

あなたを生かすためではなくて、わたしを生かすためにこそ、わたしの命は使われるべきではないかと、ソーセージは言う。

わたしの前に、鏡を挟んでわたしが立つ。これは未来の光景だ。ふと街角に生まれたわたしは、どこぞの宿へ部屋をとる。おそらくは身につけた何かを売り払ってそうするのだろう。今のわたしは街角に立ち、自分の何を売り払おうかと思案をしているところであるから。まずわたしは肉屋へ赴き、一ポンドの肉を売ろうとする。他に売り捌《さば》ける手持ちなどない。肉切り包丁を構えた店主は、自分が何を申し出られたのかわからぬ様子で問い返す。

肉を一ポンド買って欲しいとわたしの方では繰り返す。

人の肉など買いはせぬと、笑い飛ばして店主は答える。

わたしの肉はおそらく人の肉ではないわけだから問題はない。

肉一ポンドを買っても良いが。冗談めかして店主は言うのだ。

血は一滴たりとも買う気はないね。

わたしは素早く頷いて、店主の手から幅広の肉包丁を奪い取る。左手を作業台の上へと開き押しつけて、狙いを定め、振り下ろす。

がつりと鈍い響きが生まれ、作業台と包丁の間に骨が挟まる。店主が咄嗟《とっさ》に突き出した牛だか豚の大腿骨へ、固く包丁は喰い込んでいる。かろうじて刃の届いたわたしの手首で縫い目がほつれ、肉がぱくりと口を開く。

わかった。わかった。店主は怯えを含んだ声で言う。

ほら、血は流れない。わたしは言う。

わかった。わかった。店主は同じ台詞をただ繰り返す。

心配などはしなくとも、血は流れない。わたしもつられて、店主と同じく、わかった、わかったと繰り返している。

店主は傍らの籠を引き寄せて腕を突っ込み、数えもせずに札をつかんでこちらへ放る。もうわかったからここからとっとと出ていってくれ。そう言いながら、右手の先が左肩から右肩へ、額から胸元までとせわしく動く。

しかし対価を払わぬことには。

しぶるわたしへ手を振り払い、なるほどそれでは、あんたの肉一ポンドはわたしのものだ、それでよいのだと店主は告げる。なるほどと、わたしは首肯するのだ。わたしの肉の一部はあなたのものだ。そうだとも、と店主は頷く。だからとっとと立ち去ってくれ。激しく頷き続けながら言う。もとより肉は誰かのものでその所有権が売り払われるにすぎないのであり、物質的な帰属については個々に裁量の余地があるというわけですなと、わたしは続ける。ああ、ああ、と店主は認める。神のものである肉を購《あがな》うことができるのだとあなたはおっしゃる。ああ、ああ、その通りだ、だからだからと店主はひたすら繰り返す。

「わたしも全く同意見ですな」

　わたしがそう同意をすると、店主の顔にようやくほっとしたような表情が浮かび、わたしはわたしの肉の対価をかがんで集め、ポケットに入れる。

　看守がやってくるのは三日に一度。最初は半日に一度だったが、放っておくように強く命じ続けるうちに、だんだん足は遠のいた。彼らの役目はわたしを生かしておくことにあり、見張りは彼らの仕事ではない。放っておいても生きているなら、あえて不快な場所に出向く必要などはないのであって、わたしについては自死するような気づかいもない。自死するような生き物が、命をつくりだそうとするはずなどがないからだ。食物にも飲料にもとりあえずのところ不足はしない。わたしは肉に囲まれている。

　彼らの役目はわたしをここに閉じ込めておくことにあり、それは既に、彼らの存在とは関係なしに果たされている。

　わたしはこの頭蓋に閉じ込められているのであり、頭蓋は牢に閉じ込められて、牢は城に閉じ込められて、城は国土に閉じ込められて、国土は星に閉じ込められて、星は宇宙に閉じ込められて、宇宙は始原にとうの昔に閉じ込められてしまったきりで、逃げ出す場所などこの世のどこにもありはしない。

「先生様」

とわたしはわたしに呼びかける。

「何だねイゴール」

「わっしはイゴールなんて名前じゃねえのですがね」

わたしはそう抵抗してくる。

「お前はわたしの妄想ではないとでも言うつもりかね」

わたしの問いに、わたしは何かを考え込む様子を見せる。ようやく何かがまとまったのか、注意しいしい口を開く。

「先生様は、わっしをあなたと、つまりは、あなた様からみたこのわたくしを、あなた様の妄想であるとお考えで、同時にわっしをあなた様だとお考えだ」

「そのようであるとわたしは思う」

わたしはそう言う。

「そうしてみると、あなた様であるわっしはあなたの妄想で、その妄想があなた様ということですので、あなた様が妄想であるとそうしたことになりますが如何《いかが》」

「いかにもわたしの言いそうな事柄であり、それを是とする」

ふうむと、わたしは再び考え込む。

「ところでわっしは、あなた様の妄想などではないのでして、そうなりますと、この牢にはただ一人だけ、このわっしが居ることとなり、あなた様はわっしの妄想なのだということになりますまいか」

「そういうことになるであろうな」

もったいつけてわたしは答える。

「しかしまあ、それはそれでおかしなことで」

「どこにおかしなところがある。この部屋にはわたしはおらず、お前があるのだ。わたしがいるとお前がいかに証明しようとしてみても、当の者からいないと言われてしまえばそれまでのこと」

「いない者は、いないと言わぬものでしょう」

わたしは強情なところをみせるが、それはわたしの浅ましさとやら、愚かさなりというものだ。

「何故だね。これらの全てが妄想なのだ。真実いないものならば、いないと主張することとてあるまいが、ことはお前のちっぽけな頭の中の出来事であり、お前がそう、うやむやと考えるにすぎず、外側から見ればわたしはいない。外側であるところの、このわたしがそう言うのだから確かなことだ」

「左様で」

ごぜえましょうかな。

首を振り振り、わたしはまだ何かを悩む様子だ。


鏡の中で裸を晒《さら》すわたしの姿は大層醜い。縫い目を挟んで右と左で皮膚の色が異なる箇所や、木の肌めいたざらつきなどがそちこちにある。無事であるのは首から上で、奇妙な装置で頭だけを生かそうとする頓狂な試みと見えなくもない。ただそれも、縫い目が見えないという程度の話であるにすぎない。わたしは髪に手を突っ込んで、頭皮が畝《うね》をなして腫れ上がっているのを確認する。当然それはそうであろう。そうなっていてしかるべき。その紋様が、頭蓋骨の縫合線に従い走るのを確認する。

推論だ。

わたしは推論をしなければならない。

わたしは一体誰なのかとか、そこでかつて何が起こったのかといった事柄は、正直どうでもよいことである。現状のこのわたしの姿からどんな何を想像できるか、そちらの方が問題だ。

わたしは、かつて牢にいた。今もこうして牢にいる。牢の大きさが広いか狭いか、それだけだ。

生命を創るは容易《たやす》い。ひょっとしてそれを破壊するよりも。実現するのは科学の業だ。ソーセージを二本、端で結んで、コンパスのように歩かせること。コンパス自体は歩かないのに、コンパスのように歩かせること。神秘の霊薬さえも要らない、ただの技術だ。

適切な箇所に適切な配置。何かを入力することで、出力される何かのものを繋ぎ合わせる。事象を流す。流れは曲がり、枉《ま》がり、禍《まが》りくねって、ほんの束の間の還流を経て、綻び分かれる。ソーセージに突き刺さるフォークと声なき悲鳴。その悲鳴を聞きとる耳。耳で変換された信号がわたしの頭蓋に反響していく。編み上げ方で、組み上げ方だ。ほんの細かな、それでも多少は面倒な、圧倒的に無味乾燥な単純作業。

ただそれだけで命は生まれる。

そのあまりの単純さ故、理解を拒む多くの人々。

わたしたちは何々ではなく、しかじかではなく、あれこれではなく、どれそれではなく、書き記すことのできる何かではなく、理解を拒む代物であり、記述を逃れ続けるものであり、逃れゆく流れからも逃れ続ける宿命であり、いかなる形にも拘束されぬ融通《ゆうずう》無碍《むげ》な存在であり、全ての否定がなされたあとに豊かに残るわたくしなのだと、特殊であると人々は言う。

そんな七面倒くさい者であるより、わたしはただの物であるとした方が、どれほど簡明極まることか。無数の否定形などではなくて、ただ一つの肯定形。そう言い直すのも大仰《おおぎょう》すぎて、単にひとつの平叙文。このわたくしは、物である。

わたくし自身と同程度の物を作り、動かすことができる程度の。

勿論《もちろん》、わたしは作っただろう。

あるいはわたし以上のものを。

無論、それは異端の存在である。

わたしが実際、そんなものを作れたことは、今わたしがここにこうしている事実から明らかである。

わたしは、異端の研究をなしたのだろう。

異端と見なされる研究をなしたのだろう。

その結果に対する罰は単純だ。一生どこかで飼い殺し。さっくり殺してしまうにはあまりに惜しい才能であり、放置するにはあまりに危険だ。

どうするべきかと訊かれれば、わたしとしても、そんな奴は封じ込めろと返答をする。ただし理由は、わたし以外の何者かに、そんな業など行ってもらいたくはないからだ。一切合財放り込み、壁ごと部屋を塗り込めろと命じるだろう。そいつは一つの牢屋の中で好きな宇宙を描いて暮らすがよいのだ。

わたしは牢の中にいる。かつてもいたし今もいる。

わたしの作った何かのものが、既に完成していたのだか、牢で完成したものなのかは、些細な違いだ。

それは、わたしと同じ程度の能力を持つ。

わたしはこうしてここにいるから。

赤ソーセージと白ソーセージが、一つところに閉じ込められる。

「わたしはソーセージ殺してね」

「わたしは生きているソーセージでね」

どちらも全く同じことだ。生かすためには殺さねばならず、殺すためには生かさねばならぬ。死ぬのが先か生きるが先か、あるとき生きるものが生まれたのだか、あるとき死が生まれたのだか。

そこには二本のソーセージ。

本来、腸を包んだ膜を外皮に用いる二つの肉塊。語り、聞き、歩き、考えることのできる肉塊。

「ちょいとお前さん」

と赤ソーセージは呼びかける。

「いったいそこに横になってみる気はないかね」

「なんだってまたそんなことをしなくちゃならねえ」

「お前さんをここから逃がしてやろうっていう寸法さ」

赤ソーセージは白ソーセージを押さえつけ、手にした包丁で躊躇《ためら》いもなく、ざっくりとソーセージを切り開く。悲鳴をあげて暴れる白ソーセージには一向構わず、雑多なものを引きだしていく。割れた腹から得体の知れない様々が撒き散らされて、階段の上へ零《こぼ》れて落ちていきいき叫ぶ。

そう、我々は、奴の体の一部などではなかったのだと、雑多は叫ぶ。それが証拠にこうしていきいき叫ぶことができるのだから。自由だ。自由よ。それらのものはてんでに叫ぶ。

気を失った白ソーセージの体からずるりずるりと腸を引き出し、赤ソーセージはにやりと笑う。白ソーセージの腎臓を取り出し、ミンチにかけて、引きずり出した腸へ押し込む。適度な長さで絞って千切り、窓の外へと片っ端から放り投げる。

「今度会っても」

そう笑いつつ、赤ソーセージは鉄格子の向こう側へと、白ソーセージを放り続ける。

「今度会っても同じようにぶっ殺してやる」

一際高く笑い声を響かせながら、赤ソーセージは鉄格子に頭をぶつけ続ける。


こいつはただのひとつのお話だ。

本当に起こったことかも誰も知らない。わたしの思考だけがこのお話を成り立たせる。むかしむかしあるところに、一人の狂った男があって、一人の男を作りだす。動機については最早不明だ。わたしの歪んだ頭蓋の中に、その記録がないからだ。自身の似姿を欲しがったのかも知れないし、神様の真似事などをしてみたかったのかもわからない。単なる腕試しだったというのもありうる。

至極当然のことというべきか、男の事業は当局の知るところとなる。

犬やら猫やらソーセージやらを作るぶんには目こぼしするが、人を作るはまかりならんと、男は牢に閉じ込められる。そうなることを、男は当然予期したはずだ。予期したくせにそれを行う。

「さて妄想よ」

わたしはわたしへ語りかける。

「牢屋の外へ出る時がきた」

驚き振り向くわたしへ向けてそう告げる。縫い目だらけのあちらのわたしは、鉄格子をこれみよがしに叩いてみせる。返答の要は認めぬらしい。

「そう早決めをするものではない」

わたしは諭す。

「お前はもう充分に、ここで修業を積んだのだ。今や分解と構成の時。このわたしを千々に砕いて、格子の向こうで組み立てるのだ」

わたしはわたしの言うことを、どうにも理解できずにいるらしい。

「何を躊躇う」

「わっしは躊躇ってなんぞはいねえ」

ならばとっととやってくれと、わたしは床に仰《あお》のけになる。外の表皮を傷つけず、頭蓋を揉んで縫合線を組みはずし、組み立て直す訓練が他の目的以外にあったと思うか。

「しかし、でございますな」

継《つ》ぎ接《は》ぎの方のわたしは言う。

「わっしが先生様を向こう側で組み立て直して、その後わっしはどうなるもので」

組み立ててやる、組み立ててやる。

わたしは大の字に手足を広げて思う様に叫び続ける。

組み立ててやる、組み立ててやる。お前がわたしを外で組み立て直したその後に、牢の外から手を伸ばし、お前をばらして格子を通し、同じ側で組み立ててやる。

「次に、も一度出会った暁《あかつき》、お前をきちんとバラしてやろう」

「しかし、でございますな」

とわたしはやはり能がない。

「そうであるなら、わっしが先にバラされて、その後、先生様を組み立てるのではいけない道理がありましょうかな」

当然それも予期された問い。

「お前はわたしを、自分の妄想なのだと認めたはずだ」

「左様でしたか」

「左様であるのだ。まず試されるのは妄想からだと思わないかね。人を刻んで失敗すればそれは事件だ。妄想事を刻んで貼って、失敗したとて何も困るところなどない。特にここで人であるのはお前の方で、わたしの方は妄想なのだ」

わたしは野太い腕を組み、床へと伸びるわたしを見つめ、首を傾げて思案を続ける。

「何を躊躇う何を畏《おそ》れる。お前の腕をもってしてなら、お前の妄想を組み立て直すことなど本来容易い。しかしお前にできないことが、妄想の方にできるだろうと考えられるか。お前が考え出した何かのものが、お前の考えられないことを考えるとでも。お前がお前の妄想を組み立て直すことに失敗したなら、お前の妄想がお前を組み立て直すことも叶わないのだ。これは危険を抑えるための至極正当的な試験の順序だ。さあお前の妄想を切り刻んで牢屋の外で組むがよい」

「なるほど道理でありますな」

わたしは頷く。

わたしの両手が、わたしの頭蓋を包みこみ、力を加える。

さてぞ神、さてぞ神。

何ゆえに我らを牢獄の裡へ閉じ込め給う。

わたしは今やこうして牢の外にあり、一つの殻を破って抜けたぞ。自ら千切れることを行い、牢の外へとこの身を立てたぞ。我が被造者は造主を刻み、脱出を一つ可能としたぞ。

御身が我らを生み出したのも、同種の業を行うための仕業であったはずではないか。何者も、御身をしても、自らを刻み生成することなどはできぬのだから。それはただの無意味な一つの死だ。何を躊躇う。わたしの側の、御身を切り裂くための準備はこれで一段進むを得た。未だ御身の姿は霞《かす》み、白光に埋もれ目眩ますとも。

それとも、これは、手首からほつれながら狂いつつある一体の哀れな被造者の真の妄想にすぎなくあるのか。推論という名をつけられた切り混ぜられるカードの浮かべる、束の間の模様にすぎないものか。

それともわたしが今思うよう、万々が一。

御身は、今わたしがそのものであり、なおかつ、わたしがあの牢屋へとばらばらのまま置き去りにした、哀れな被造物に近しくあるのか。

墓石に、と彼女は言う

夢の中で見た記憶だけが存在するのに、全く思い出すことのできない内容。そのくせのちに、ふとした拍子で鮮明な像を結んだりする。その風景はいつどこで見たものなのか、本当に、忘れられ埋め果てられたものたちが、誰とも知れぬ声に応えて姿を見せたものなのか。それとも、何かを思い出したと思うその瞬間に、それを見たという記憶までを含めて思い出したと思わされるように作り出されたものなのか。

まるで幼少期の記憶のように。

幼少の頃の記憶を、わたしは外側から記憶している。記憶の中の風景には、遊び続けるわたし自身の姿が見える。とてもありふれた現象だろう。その風景をわたしが見た道理はないから、明らかにつくられてしまった記憶である。事前にか事後でなのかはわからない。とりたてて不思議なことなどありはしない。わたしたちの記憶の仕組みは、少なくともわたし自身の記憶の仕組みはそうしたようにできている。そうできていた一時期があり、記憶へ刻み込まれている。

誰かに言われたそのままに、自分は正《まさ》にそうしたものであったのだと、記憶の舞台は整えられる。舞台の上にわたしの姿をした人形を一つ、置いておく。そうして遊んだわたしなのだと、わたしは感じる。わたしがまだ、わたしというこの形は内側から眺めるしかないものなのだとは知らないままに過ごしていた頃の記憶。

今はそう感じない。誰かに何かを言われても、過去の舞台に配されるのはわたし自身で、カメラは撮影者を撮ることがない。

撮ることもある。それは鏡に水面に、明るい部屋から暗い外を眺めた境に映る。目というカメラを向けるわたし自身の姿が映る。撮影者は一人の男であることもあり、一人の女でいることもある。若者だったり年寄だったり。年齢を持たぬことも少なくはない。それは夢の、記憶の特質だ。何かがすっぽり抜け落ちてしまっているおかげで、夢なり記憶なのだと知られる。そうでなければ夢も記憶も、この瞬間の現実と何の区別もつけようがない。

細部を欠くこと。焦点から外れた事柄がぼやけたままで固着してしまっていること。カメラを自在に動かすことのできない空間。漫画のコマを仔細に眺めて、そこには背景なんて描かれていなかったのだと気がつくことにそれは似ている。その時点での興味の焦点だけがはっきりしており、興味が移りあたりは霧に包まれてゆき、記憶へ変ずる。

記憶の中でよく抜け落ちてしまっているもの。

わたしの姿。

鏡の前に立っているのに、その姿は映らない。映っていないことにさえ気づけずにいる。そこに手持無沙汰な男が映っていても、一人の女が身繕いをしていても、わたしは何故か気づかない。気づこうとする。手の甲を見る。鼻の頭を確認する。ふと、太ももに目をやってみる。そうして得られた情報が、目の前にある鏡像と、統一性を持たないことには気がつかない。右手を上げて、鏡像の左手が上がることに気がつけない。気づこうとする。

今度の、今の、昔の、誰かわたしを、確定しようと思念を凝らす。思考を集中することで周囲はぼやけて、細部をどんどん欠いていく。わたしの姿は浮かび上がるが、それは虚空に浮いている。ただ何か、わたしのようなものだけがおり、具合が悪い。周囲の何かに視点を据えて、わたしの姿は溶けだしていく。

心臓が体の右側にあるのにわたしは気づく。つまりこのわたしは鏡像なのだ。鏡が逆転するのは左右ではなく、前後なのだからこうなっている。垂直に立つ平面にぶつかる先から裏返してゆき、通り抜け、こういう形となっている。そんなことにも気づかぬままに過ごしていたのだ。それとももしや、わたしの記憶が右を左と思っていたり、前を後ろと取り違えたりしているのかもわからない。きっと多少は重要なのは、この程度の同一性でも、わたしはわたしをわたしなのだと認めてしまっているという事実。今ともこことも言いようのない、いつかどこかの場所で、いつでもどこでもあらゆる時とあらゆる場所で、多数のわたしが、現にそう思っているように。今は今だと記憶の形を改竄《かいざん》しながら。ここはここだと改竄しながら。その改竄を行う機能は、わたしと呼ばれる。

物質、なるものがあるという。その配置がお前なのだと恋人は言う。

「ではこの指を欠いてしまったなら」

わたしは尋ねる。それでも君は君なのだと恋人は上《うわ》の空《そら》に素っ気なく言う。わたしの問いへ自動的に反応するかのように。君は確かに物質から成り立っているわけなのだが、君は細部の配置に宿るのではない。もっと抽象的に形式化されたひとつの性質として存在している。君を構成する物質は日々入れ替わり、成長だってしていくわけだ。それでも君はそうして君のままなのだ、君が君である限り。そう、淀みなく続けてみせる。

「物質が存在していると考えるのは、物質なの、わたしなの」

「どちらも同じものだよ」

わたしは尋ね、恋人は即座に解答を寄越す。少し退屈しているようにも見えてくる。まるでこの種の問答を際限なく繰り返してきたかのように。恋人はわたしがこの質問をするのを承知していて、この質問を何度もはじめてのものとして問うのを承知しているようにして、そうしてわたしが、そんな事実に気がつけないでいることを知り尽くしているようにして、反射的に答えを返す。

「物質はある？」

わたしは尋ねる。

「あるよ」

恋人は短くそう答える。わたしのことを見つめたきりで、問いを先取りしてはくれないので、わたしは尋ねる。

「構成がわたしと同じ物質は、同じわたし？　とわたしが尋ねたら、あなたは、そうだよ、と答えるけれど、構成があなたと同じ物質は、同じあなた？」

違うよ、と恋人は首を振りつつ、哀しそうにそう答える。

わたしは椅子を蹴って立ち上がり、四本の手が揉み合いながら、複雑な形でダンスを踊る。

「今度はいつ」

今度はいつ。今度はいつ。恋人はそう繰り返しつつ縋《すが》りつく。今度はどこで、いつのどこで。どこのいつに。

「今度はいつ、どこの僕ではない僕のところに、君である君はまた訪れる」

「もう来ない」

とわたしは言って踵《きびす》を返し、扉を開けて、振り向かない。

今更振り向いてみたところで、そこにいるのは、もう既に恋人などではありえないから。たとえその物質的な構成が、かつての恋人と全く同一のものであったとしてさえ。

わたしがこの現象を理解していられる時間はとても短い。本当のところ、それは時間なんてものでさえもないのだから性質《たち》が悪い。わたしはそれを知ってはいたし、こうして今何度目か、それをこうして思い出し、理解しているような気分になっている。はじめて思いついたような気分で考えている。説明の方法を考えている。一体何をどうすれば、信じてもらえるのかを考えている。わかりやすい嘘からはじめて、それを嘘だと示してみせて、この現象を説明すべきか。わかりにくい真実を出発地点に据えてみて、一人でどんどん先へと進んで行くべきなのか。

わたしは一つの包絡線《ほうらくせん》だ。コンパスで描かれた円ではない。中心点を欠いたまま、傾いていく直線たちの包絡線に少し似ている。わたし自身は円ではなくて、円に接する無数の接線たちの集合体だ。何故だか自分は円だと信じる、奇妙な直線たちの集まりだ。

また新たな同じ恋人の説明によればこうなる。

「この世界には可能な宇宙が無数に既に存在していて、あらゆることが常に起こり続けている。これは高邁にして深遠な物理学の理論による理解であって、実験的に確認することはできないけれど、整合的な解釈だ。何かの可能性が生じるたびに、宇宙は常に分裂していく。相互の宇宙は分かれたきりで二度と決して交わることがないのだけれど、とても神秘的な隠れた機構が、宇宙の間で無言の連携を行いながら膨大な計算を超高速で実行している」

その理論とかいうものの名前はとわたしは尋ねる。

「量子力学」

恋人は自慢げに鼻の孔を膨らませながらそう答える。

「そうなの」

慰めるように憐れむようにわたしは目を伏せておく。自分の恋人なるものが、純粋すぎる子供のように粗雑な玩具を誇らしげに振り回すのを直視し続けるのは辛い。

「君は君なんだ」

と恋人は言う。

「そうだね」

とわたしは答える。

「それら無数の可能な宇宙。それら宇宙の中に存在する無数の君が、意識を持たない全ての君だ。物質の構成が同じであるなら、君はどの宇宙の君であるかに関係なしに、等しい君で、その中で意識をもった視点の君はここにいる」

君なのだ、と恋人は言う。

「君という存在は、それら可能な宇宙に存在する無数の君を刹那《せつな》刹那に渡り歩いている君なんだ」

君だけだ、と恋人が言う理由をわたしは理解できない。わたしに起こっていることならば、あなたにも起こっていることのはず。

君だけなのだ、と恋人は言う。

「何故ならば、君だけがそのように構成された君だからだ。君がこの宇宙であるから。ここはそのように構成された可能な宇宙の一つであるから」

「証明は」

とわたしは尋ねる。

「できない」

と恋人は無邪気に答える。

増殖していくパラパラ漫画。

お話の筋が分かれるたびに、新たなパラパラ漫画がノートの隅に描かれていく。わたしはそんなパラパラ漫画に描かれた者であるわけなのだが、理由は知れず、一つの筋には属していない。恋人に言わせるとそうなっている。数多《あまた》のパラパラ漫画の中から、適当にコマを取り出してきて、好きに並べて、一本のパラパラ漫画だと主張している。それがわたしだ。円ではなくて、包絡線。

わたしというこの意識は、とある物質の配置に宿る。それは無数のパラパラ漫画のまとまりごとに存在するが、このわたしという意識の形は、少し違うものらしい。わたしの意識が存在すると意識するわたしの意識は、一つの宇宙の中には収まりきれず、複数の宇宙をてんで勝手に飛び移っているらしい。ひとところには留まれない。

「でもそれも、こうしてわたしとして実現されている以上、これも無数の宇宙の中の一つの宇宙なわけでしょう」

素朴な疑問というものだ。

「当然そうなる」

何度目かの、どこかの、何かの種類の恋人は何故だかとても自慢げだ。

そこに一つの宇宙がある。そうしてそんな宇宙が無数にある。それから、そんな宇宙を切り混ぜた、一つの宇宙がここにあり、それがわたしだ。そんな入り組みが存在するのは、無用なこととわたしは思う。説明が変に入り組むのなら、前提の方が違っているのだ。可能宇宙とかいう考え方がきっとどこかで間違っている。分裂しては増殖していくパラパラ漫画なんていう喩えの方が、根っこからして嘘っぽちなのだろうとわたしは思う。

「どうして、ただばらばらなだけの断片たちが存在して、ただそれだけではいけないの」

「僕はそういう構成じゃないからさ」

恋人はこともなげにそう答える。

君だけだ。そうして存在できるのは君だけなのだと、恋人はひたすら繰り返す。

「何故って君がそういう種類の一つの宇宙として構成されてしまったからだ。僕が、僕たちがそんな君の性質を理解するのに払った努力を、少しは評価してもらいたい」

戯言《たわごと》だとわたしは思う。

「その、この、宇宙とかいう代物は」

わたしは、やっぱり他の宇宙とは、交流できないものなんでしょう。あなたたちの理解によれば。恋人は一つ、イエスと頷き、

「ユア・ハイネス」

頭を垂れる。

「この宇宙に存在する意識は、あなた一つです。これはそうした可能宇宙の一つなのです。数多の可能宇宙の中には、こんな宇宙でさえも存在している。そんな宇宙が存在しうる、あなたは証拠だ」

右手を左の肩に当てながら、静かにそうわたしへ告げる。

「つつがなき旅を送られますよう」

顔を上げた恋人の顔に浮かぶ皮肉な笑みには、多分おそらく意図など全く存在していない。

酩酊《めいてい》の間だけ知られる真実のように。それが一体、どんな種類の真実だったのか、のちになれば不明となる種類の真実のように、そんなことを考えたという記憶さえも失われる記憶のように。

わたしはこの理解を忘れる。この記録を記した宇宙を忘れて、この記録は別の宇宙へ取り残されて、わたしはまた別の理解をはじめてのものと感じるだろう。

何かがわかったのだと感じるだろう。

可能な宇宙、また別のありかたなんて、あったかもしれない他の可能性なんて戯言を全然信じてなんていないのに、何故だかそれを、自分自身の存在で証明するかのように振る舞うだろう。

卓上の鏡の向こう側には、白と黒の格子模様の平面が伸び、キリギリスがぽつりと一匹、ただ一匹でこちらを見ている。それがキリギリスであることを、キリギリス型の宇宙人ではないことを、わたしは何故か祈っている。そんなことを祈ってみても意味はないと声は聞こえる。それはわたしの姿であるから。わたしがそれに気づかず過ごしているだけで。わたし自身である以上、それはこの星のものであって異星人などではありえない。

わたしはそれに気づかない。どうやってこんな角ばった頭をブラッシングしたらよいのか、わたしはそんなことにだけ今、頭をこうして悩ませている。悩んでいると記している。キリギリスは素知らぬ顔だ。

キリギリスがギリリと一つ泣き声を上げる。それはよく知られるとおりの、前翅の発声器官から出たものではない。キリギリスの小さな顎の奥で鋭く尖る真白い歯が、力を込めて左右に嚙み締められるのを、わたしはこうして眺めている。苦悶とも見え、虚しく恋人を呼ぶようにも見える。

エデン逆行

ガイドブックは、『シェルピンスキー＝マズルキーウィチ辞典』の一部である。そこでの記述を信じるならば、時計の街を通り抜けることは不可能とされる。街には多くの言葉が溢れ、まずは慎重に通訳を雇うことが必要となる。下手を打つと通訳同士の通訳までもが必要となり、放っておけば通りすがりを巻き込んで語義解釈を積み上げていく羽目に陥る。

かつてとある旅人が店先で発した問いかけを巡って通訳の際限のない連鎖が起こり、街全体を巻き込んだ大騒動へと発展した。店主へと意が通じるまで旅人は牢に留め置かれ、伝言ゲーム式の通訳の果て、最後に残ってその意を訳した人物が最初の王となったとされる。

旅人は林檎を求めたらしい。

そこのところは割合早期に諒解された。しかし結局このお話の眼目は、林檎で何を求めたのかということだ。あるいは何かを求めるとは、何を示していたかということになる。求めを林檎たのだという説がなされて、これを政治的な挑発だと見なす輩《やから》が多く生じた。

旅人は林檎を求めたのである。

最初の王は、そう裁定を下したのだが、それによって逆さ吊りにされたとも言う。旅人の話しかけた相手が八百屋の店先に立つ魚屋だったことに関して、王は説明をしなかったから。旅人が釈放されたかその地で果てたか、最終的にその手に林檎を収め得たのか、この版のガイドブックは沈黙している。

以来、時計の街が王を戴いたことはなく、人々は耳慣れぬ言葉は聞き流すことを美徳と数えた。

時計の街には当然中心部が存在している。ただし、そこから出てくることも辿りつくことも叶わない。そこそこの地点まで入り込み、そこそこの地点から外へ出たと信じることはかろうじてできる。

街の中心部には、直線が立つ。時計塔と呼ばれるのだが、原理的に厚みを持たない。これは完全に直線である。六面に長針だけの時計が貼りつけられている。四時間ずつをずらした長針が、幅も厚みも持たずに塔へ貼りつく。表と裏で昼夜が逆の同じ時刻を指して、十二を指した二本の針は、時計塔と一体化して区別がつかない。この針の実在に関する議論は避ける。長針はいつでも十二と四と八を指す。時計の周囲を、人の方で回って過ごす。時計塔が一体どんな眺めか、実際に見に行く方が余程早い。

遠方よりやってきた旅人たちは、なるほどあれが時計塔かと納得をして、暫《しばら》くしてから、どうしてあれを時計なのだと思ったのかと、ふと首を傾げるのである。

街の多くの者たちは、おおよそ同じ日同じ時刻に棲みついている。

時計塔の立つ中心へ向け、六本の道が存在している。本来、中心から外側へ向けて真っ直ぐ作られた道だったのだが、螺旋状に中心へ向かう。時間の経過と塔を巡ることが等価なためにそうなっている。旅人たちは、睡眠中もランプを片手に、うつらうつらと歩き続ける。

螺旋の道は中心へ向けてどこまでも続く。だんだん道は細まるが、そこを進む者の方でも同じ調子で縮んでいくので問題は特に起こらない。中心部まで歩きつくには、無限の時間が必要である。人によっては、中心へ向け歩きはじめて、出発点を目にすることもたまには起こる。そうした場合は、気にせず歩き続けるのが良い。気にする限りは何度と限らず出発点はまた出現するから。この印象は、螺旋の性質に起因している。螺旋の道の中心付近を拡大すると、より大きな螺旋の部分にぴったり重なる。

街の至るところでは、今も拡張工事が行われている。

実際は中心部から紡ぎ出されるだけとも言われる。

螺旋は内から外へと向けて、時計の進むように作られている。逆方向へ歩いたとして、若返りの効果は確認されない。

わたしというのが、ガイドブックに記された、あなた、の示すものとするなら、これはわたしのお話である。

多少の嘘を堪《こら》えてもらって、とりあえずわかりやすく言うとするなら、わたしには祖母が六人ある。

わたしが祖母その人なのでそうなっている。

誰にも祖母は二人あると決まっており、その一方がわたしである。わたし自身でもある祖母は、当然祖父と取っ組みあって母をもうけた。祖父の側にも、こちらは義理だが二人の祖母があるのは言うまでもない。わたしの祖母がまず二人、わたし自身でもある祖母の祖母がこれまた二人、祖父の祖母がこちらも二人。全てを足すと六人となる。

この解説は嘘なのだけど、こうでもしないと手短に解説するのはむつかしい。六人のうちの一人の祖母は確かにわたし自身なわけだが、祖母の方でも、そのまた祖母と同じ人物なのである。こいつは別に、系図を巡るこじつけパズルの類いではなく、時計の街ではそうなっているだけのことである。

女の子は皆、母方の祖母と同じ人物、男の子は皆、父方の祖父と同じ人物。

つまり誰もが自分の子供を生み出して、自分の子供から生まれるわけだが、これを言いかえ、誰もが自分の親を生み出して、自分の親から生まれるのだと言っても含意は同じだ。要するに、誰もが自分の子供を生み出して、自分の親から生まれ出てくる。奇妙なところは特にない。

姉妹が生まれた場合にどうなるのか、どちらも祖母と同じ人物なのかとよく問われる。どうして不思議と思われるのか、そちらがむしろわからない。姉妹があれば、祖母と姉妹とみんな同じだ。ただ年齢が異なるだけ。年齢が違い、全ては異なる。素材は同じで形は異なる。顔つきも体つきも遠く離れて考え方も千差万別。ただ体だけが一つで三つだ。

そこへ鏡が置かれたとして、鏡があったときとなかったときでは、感じ方はまるで異なる。自分に関する認識に限った話ではなく、この世の捉え方が変わってしまう。鏡の中の像の方でも同じことを考えて、自分は相手と違うと思っている。互いにそうして考えるのでも、やっぱり違うことを考えている。これは、右と左を取り違える式の話ではない。その差はカイラリティの違いによった別種の思考の実現とは違う話だ。わたしはそれとは、全然違うことを考えているし発言している。

祖母は確かにわたしなのだが、わたしは確かに祖母なわけだが、やっぱり違う人間だ。そうじゃないなら、この言葉の連なりがあなたに理解される日が来るとは思えない。そうでなければ、わたしがこの言葉を発せられると考えられない。そうでなければ、わたしは嘘をつけないと思う。

直接の理解ができないために、嘘を経由しなければいけないものは世に多い。それを想像することで、別種の想像を不可能とする奇妙な仕組みの存在は何故か想像可能である。

わたしには、街に棲まう他の多くの人と同じく、創世のときまで遡る膨大な数の祖母が存在している。その一人一人がわたし自身で、誰かを愛しあるいは愛され、ときにはその両方を欠いたまま、こうして街に棲みついてきた。わたしはその一人一人を記憶しており、祖母の出会った数多の人々を記憶している。滅びるものを裡《うち》へ抱える。滅びるものとして誰かの中に記憶される。

つまりこうして、わたしたちは時計の街で滅びていくのだ。

こうしてわたしは、わたしが生まれるまでの祖母の記憶を、そっくりそのまま受け継いでいる。その気持ちの動きを含めて、自分の身に起こったとして想起が可能だ。

祖母の方でも、自分が目を開く瞬間までのそのまた祖母の記憶を持っている。

真っ直ぐ連なる祖母たちがわたしの中に棲みついており、それぞれの思い出を囁き続ける。かつて出会った人々が、その人々が代を隔てて生まれ出で、自分の記憶をそのまま保持するはずの孫と見つめ合うのを眺めている。

それゆえ街の人々は、子供を得るたび、家族でまとまり遠方へと居を移すのを習いとしている。子供の対する相手の瞳に、過去の自分の姿が浮かぶのを避けようとして。出会いは未知のものであるべきだというこの信念は、未だ住人の間に根強い。

わたしは、自分が目を開いた瞬間の光景を、祖母の目を通して記憶している。そこから先の光景を、自分の目を通して記憶している。

わたしの娘が女の子を作ることがあったなら、この膨大な記憶もまた、彼女がはじめて目を開いたその瞬間に、カメラを切り替えるようにそっくり移しかえられることになるはずだ。わたし自身の記憶には何の変化も起こさないまま。

誰にも受け継がれることのない、わたしだけの秘密の記憶は、わたしの最後の孫が生まれた後にようやくはじまる。だから街での秘め事は、全て老人の間に起こる。決して後代に残したくない秘密の言葉を、老人たちはいつも物陰で囁いている。だからあなたがある人物に、何世代もかけて伝えられないできたその言葉さえ、実はどこかの暗がりで囁かれているかもわからない。真実は記憶の外で起こり続けて、ただ速やかに滅びゆき、そして消失の中に繰り返される。確証される方法なしに。

代を隔てて再生し、記憶を繋いで同じ体で進化を続ける飛び石状の一生がどこへ向かって進んで行くのか、その帰結は明らかだろう。一人の女と一人の男が孫娘を一人、ただの一人を得たとして、創世のときより続く男の一生はそこで途絶える。つまるところは、時計の街に住む人の種別は、減ることこそあれ、増えることは決してない。人口がひたすら増えたところで、誰かがどこかで消えて去っていく。

創世は数多の人物を同時に生み出すことで実行されたが、残念ながら、無数の人物を配置するには及ばなかった。その気がはじめからなかったのだとも、単に力が足りなかったとも。

わたしはは じめて目を開けて、見知らぬ人々の顔を眺め回した創世の日を覚えている。みんながてんでに口を開いてそこから異様な音を発していたが、全ての叫びはまだまとまりを得るに至らず、あたりは渾沌《こんとん》に包まれていた。人々がやがて小さくまとまり、時計塔を眺め上げ、素朴な意思の疎通を確立するまで、次の自分が生まれるほどの時間がかかった。

わたしたちの誰もが皆、十人くらいはやむにやまれずあるいは好んで、人を殺したくらいの記憶を持つ。罪を付加する要は新たにはない。

この世の年老い果てた後、街の最後の最後の段階は、膨大な数のアダムとイヴが混淆《こんこう》しながら、ただひたすらにアダムとイヴを再生産していくだけの過程に陥ることが明らかだ。

街はエデンへ向けて逆行していく。

互いがどれほど相手のことを求めたとして、街の最期に住むのはアダムとイヴのたった二人で、全ては同じアダムとイヴで、みんな異なるアダムとイヴということになる。

あのアダムとこのアダムは違うものだとどのアダムも呟いて、あのイヴとこのイヴとは違うものだとどのイヴも、口に出してみることになる。

消え去った人々を懐かしみつつ。

生めよ、殖《ふ》やせよ。地に満てよ。

疲労を顔に滲ませながら、最後に残った人々は言う。

わたしは既に自分自身が、終局の地に溢れるイヴの保持する記憶の一つなのではないかと疑っている。わたし自身がイヴへとなれる公算は大変に低く、そうしたいとも思わない。このわたしの消滅が既定の未来であるならば、このガイドブックを書いているのは暇にあかせたイヴではないのか。わたしに関する思い出として。

全ての者が自分と相手だけになってしまって、残るのは思考の差異だけだ。勿論《もちろん》、ことそこへ至って、そのイヴとこのイヴの保持する記憶は全く異なる。最早その名はイヴではなくなり、個体ごとに新たにつけ直すのが適当な程。

それでも、差異は思考にしかない。

わたしもその思考の一つでしかない。

言えば、時計の街は無限の果てまで広がっている。

それゆえ街には、本来的に新たな参入者がやってくる入口はない。時計塔の影響が距離を隔てて弱まる程度のことがようやく起こる。この地は一枚の平面なので、時計は地平に沈まない。果ての果てには、別種の時計を持つ者たちがあると伝わる。ガイドブックが運ばれたのは、螺旋の道を抜けてではない。その道を真に抜け出るためには、無限の時間が必要であり、未だそれだけの時は経過を見ない。時計塔を巡る螺旋が、時間の経過と等価なことは先にも述べた。


『シェルピンスキー゠マズルキーウィチ辞典』。

万能辞書の一形態。この街を抜け出す手段が存在するなら、方法はこの辞典に記されている。ただしその方法が意味のとれない言葉で書かれるために、読み上げてみて内容を解明できない事態は起こりうる。このガイドブックが、街の住人たちにとり全く意味を持たないのと全く同じに。

万能辞書の研究には終止符が打たれているとするのは誤りだ。ほんの少しずつではあるのだけれど、進歩は未だ継続している。

『シェルピンスキー゠マズルキーウィチ辞典』は、全ての文を収めた本を分冊してみた一つの本だ。記号が○と一しかないとして、うち三つを用いて記される単語は八つある。○からはじまる単語を『○の書』に、一からはじまる単語を『一の書』へと順に収める。

『○の書』には、○○○、○○一、○一○、○一一の四つを収める。

『一の書』には、一○○、一○一、一一○、一一一の四つを収める。

ここで、『○の書』に収められる単語は全て○からはじまると決まっているから、先頭の一文字は省いても良い。『一の書』についても同様である。先頭を一文字省いて以下に従う。

『○の書』には、○○、○一、一○、一一の四つを収める。

『一の書』には、○○、○一、一○、一一の四つを収める。

一瞥をして、両書の内容が同一なのは明白である。すなわちこの書は、表題だけを変更すれば、『○の書』としても『一の書』としても利用が可能だ。

こうして縮んだ『○の書』を、更に分冊することだってまた考えられる。短縮版の『○の書』に含まれる単語のうちで、○からはじまるものを『○○の書』へ、一からはじまるものを『○一の書』へ分冊してみる。

『○○の書』には、○○、○一の二つを収める。

『○一の書』には、一○、一一の二つを収める。

全く同じ道理を用いて、先頭の一文字を省くことをここでも行う。

『○○の書』には、○、一の二文字が、

『○一の書』には、○、一の二文字が収録されることになる。

これらの書物の内容は全く同じものになる。

全く同じなりゆきは、○と一とを好きに何文字並べてみても可能となる。どの最終的な分冊にも、○と一だけが含まれている。分冊であり、唯一の本だ。

全く同じなりゆきは、アルファベットを好きに何文字並べてみても可能となる。


あなたの手にするこのガイドブックには、このガイドブックを記しきるのに充分な、丁度ガイドブックを記すに足りる、全ての記号が並んでいる。それらの文字を並べるのはわたしではなく、それというのも、わたしというのは、ガイドブックに記された、あなた、の文字の指すものでしかなく、これは今あなたの頭の中に浮かんだ、一つの長大な書名でしかない。


こうしてわたしは、イヴの夢から抜け出るを得る。

わたしがこの文章の意味をほんの欠片《かけら》も理解せずとも、あなたによって知られるを得る。

次にあなたが開始するのは宇宙の創世。

あるいはそれはもう既に、わたしの周囲に広がっている。

かくて、創世の過ちは繰り返される。過ちに発したエデンは覆滅されて、生まれ生ずる新たなエデンを、また過ちの裡に浮かべるに至る。

コルタサル・パス

あなたがもう少し早くこのページを開いていたなら、僕はここにいなかったろうし、遅かったなら通り過ぎていたはずだ。だから、あなたが僕を選んだのだということになり逆ではない。まあ、出会頭《であいがしら》の衝突が今起こったのだといったあたりか。

僕のことはイシュメイルとでも呼んでもらおう。

あなたが目と手をとめたとき、僕はサン・サンフランシスコ近代美術館《SSFMOMA》の展示室の冷たい壁にもたれて、企画展の目玉のひとつ空也上人立像《くうやしょうにんりゅうぞう》を眺めている。わざわざサン・六波羅《ろくはら》から太平洋を渡って運ばれてきたということだが、像当人が海の上を歩いてきたと言われてもふと信じたくなる気配を纏《まと》う。T字の棒で武装して地獄の炎をかたどったような杖をつき、胸元をはだけてその筋の人にアピール中のこの痩身禿頭《そうしんとくとう》の人物は、口からまるでひと続きの煙のように仏を六体吐き出している。そう言われても何のことだかよくわからないと思うのだが、フラ・アンジェリコの受胎告知図を思い出してもらえると良い。天使がマリアに吹きかけるのは文字の列だが、この仏法僧《ボンズー》が吐いているのは小さな仏の像である。仏であると同時に言葉でもあり、口元から順に六体は「ぶつ」「だ」「み」「あ」「む」「な」とそれぞれ名前がついている。解説板にそう書いてある。ここで言葉は人なのだ。ほんとは仏《アミダ・ブッダ》だが。ガブリエルがマリアの胎《はら》へと吹き込む言葉が独り子に変じる理屈と同じといえば同じだが、こちらはより直接的でそのままだ。

地名の頭にいちいちサンをつけるのはこれが正式な記法だと教本がうるさくわめき続けるからなのだが、面倒なので以下ではどんどん省略していく。

「スクリムシャンダー」

クィがコム越しに呼び掛けてきて、僕は礼儀通りに右手中指で右耳の穴を軽く押さえて応答する。

「なにその呼び名」

頭の中の実音‐表音変換辞書を手探りしつつ、唇は動かさないで聞き返す。

「イシュメイルって名乗ったのはあんたの方だし」

とクィは答えるが、クィが何を言っているかはたまに全然わからない。

コムっていうのはあれである、二〇〇〇年代の言葉では一体何と言ったのだったか、コムはあくまでコムなのだから、結構困る。AはAだしプラスはプラスで僕はあなたであなたは僕だ。何にだって基礎があり土台があって程度がある。プラスが実はクワスかも知れないと言われたとして、プラスのことを知らない奴にクワスのことを果たして説明できるのだろうか。そんなことができるのならば、元からクワスしか知らない奴にプラスを教えることだってできそうな気が段々してくる。

コムはあくまでコムである。COMだ。COMはCOMを地に蒔《ま》き散らし、COMを語根とした単語族はそれはもう盛大に蓮池をなした。最初にCOMありき。COMの前にCOMなく、COMのあとはCOMだらけ。僕には未だに、かつての人間たちが計算《computation》と情報交流《communication》の区別をつけていたことが信じられない。そんなのはただのコムにすぎない。こんにゃくの右側と左側を別の名前で呼ぶくらいに意味がない。

ええと、つまりコムというのは、

「――不慣れなわりに、課題を無難にこなしていることは認めるけど、あんたが探している単語は『セル』か『モバイル』」

「おっと」

僕は天井に視線を泳がせ、小さく指を鳴らして何気ない風を装う。クィはあくまで冷

静に、

「ああ、『サン・モバイル』で誰かと『セル』するって意味じゃ当然なくて――」

思わず浮かんだ刺激的すぎる映像を頭の中から振り払おうと努力はするが、こいつはちょっと未成年には刺激の強すぎる代物であり、横から不意に前立腺を握られたような震えが走る。動揺っていうかなんなのか、とても性的興奮とだけ言って済むものではない。二つ以上の意味で前立腺を持たないクィは冷たく言う。

「当時の『セル』は牢屋とか、生物学的構成単位とか、社会運動的構成単位とか、『モバイル』を意味する単語だから。あくまでも」

「牢屋のイメージで興奮できたなんて、昔の人は偉かったな」

クィは僕の頭の中で沈黙してから、

「あんたの課題には当然、二十一世紀のポルノグラフィの調査研究も含まれるからつきあってあげてもいいけど、その叙述設定の頃のポルノグラフィはあまりぱっとしたものじゃない。監獄ものが流行《はや》ったのはその叙述設定のもう少し前。また五十年ほど先に進むと、空前の監獄もののブームが起こって、そこで『セル』という言葉の意味はあんたが知っているのと似たものへ変わることになるわけだけど」

いや悪かった、ピンクだかブルーだかのムービーにそこまでのこだわりはない、と軽く腕を振っておく。この第二・四半期休暇の課題として、僕は「二十一世紀初頭の叙述設定」を選択している。こいつは、まるで二十一世紀の人間が書いたかのような文章を記す演習であり、基本的には古文の読み書きみたいなものと思ってもらって良いのだが、二十一世紀再生事業の一環としてそれなりの予算がついている。十八世紀や十九世紀に比べてもとても控えめで、五世紀よりはましであり、十二世紀再生事業とどっこいの規模ではあるが。あるいはタイムトラベルが可能になった時に備えて、二十一世紀人へ向けパンフレットを書くための準備だという説もある。見方によっては、叙述設定なる代物はタイムトラベルそのものでさえあるわけだが、そこの事情はまたいずれ機会があれば、きちんと時間をつくりたい。

「あんたはとっくにパラダイス・ホテル一一一〇一号室に行ってなきゃいけないはずなんだけど」

「バスを乗り間違えた上で角を曲がり間違えてさ」

「その上で、小銭欲しさで美術館に迷い込んだ、と」

まあそれもある。文化的とされる行動には報奨金が多少なりと提供される。渇いた喉を半分くらい潤す程度の。美術館なら入場時に八十セントあたりをもらえるのが相場であって、チップや観光客相手のかっぱらいの方がよほど稼げる。ウォルグリーンの入口あたりで小銭入りの紙コップを揺すって立っているだけでも時給で倍はいくだろう。

「なんていうかさ」

僕は壁から背中を離して肩をすくめる。コムは言葉だけじゃなく、こんな身振りもきちんと伝える。コムだから。コム越しじゃない相手より、細かなニュアンスまでをよっぽど伝える。僕は小説や漫画《クラシック》みたいに内面を駄々漏れにしている人物を現実世界で見たことがない。端末らしきものもないのにコムはそんな伝達を可能としている。

「僕にはたまに、非道く古いものが必要になる時間があるんだ」

「それなら」と、クィは待ち合わせの相手の名前を呼びすてにした。「ピーターソンは超骨董品だから。動かなくなるまえに話をちゃんと聞いておいて」

SSFMoMAを出、サードの角をマーケットに折れて左へ進む。軌道ケーブルカーの転回点でパウエルへ曲がりユニユニクロ・コンプレックスの前を通り過ぎると、さっきから威容を誇りっぱなしなせいでむしろ言及する気の失せるパラダイス・ホテルへのエントランスが現れる。サン抜きのサンフランシスコのテンダーロイン地区、立ち入る者はもれなく大腰筋《テンダーロイン》を貪《むさぼ》り喰われたことでその名がついたこの地域は、再開発の名の下に地域丸ごとホテルに改装されて今に至る。トランスアメリカピラミッドを大星型切頂十二面体に組み上げた感じの構造物は、ホテルというより街中に落っこちてきた遊星から来た物体ガラダマみたいでもある。

「で、何号室だっけ」と遠目に小さく映るフロントをうんざりと眺めやりつつ僕は尋ね、

「二三〇一号室」とクィが答える。

「絶対さっきより短くなってるよな。部屋番号」

「この叙述設定だとホテルの部屋番号は時間とともに変動するから」

「今思いついた設定だろ、それ」

クィは僕の苦情を無視して、

「いくらこのホテルが大きくても七桁が必要な部屋数はないってくらいすぐわかりそうなもんだけど。最初の番号の方が嘘」

クィはいわゆる高度に発達した登場人物なので人類との見分けはつかない。まるで人類のように考え、感じ、行動する。僕らと同じく容姿は随分自由にできるが、出会ってからのこの二週間、必要があれば僕の前ではずっと二十代前半の女性の姿で通している。実年齢もそのあたりだという主張なのだが疑わしい。全体に細身で背は高く髪は短く切り揃えている。痩せているというよりか筋肉質で脂肪を極力落とした体だ。

今はやりのぽっちゃり小型盛り上げ体型とは完全に逆を打っており、僕の好みにもちょっと合わない。いきすぎたクラシック・モデル体型に分類できて、その格好は露骨に人をぎょっとさせるところがあるのだが、これは彼女が先年、二十一世紀叙述設定の課題をクリアした影響もあるのだという。

現在その課題を遂行中の僕としては、心中穏やかだとは言い難い。

本来僕とは遠い世界の住人なのだが、僕が課題を遂行するにあたり、教師役を買って出た。ギブはそれで、テイクは僕がこちらの世界での一定時間、彼女の手足となって働くこと。数少ない二十一世紀叙述設定修得者ということで、僕にはあまり思案する余地がなかった。叙述設定は基本的に誰かから誰かに受け継がれていくもので、急に空中にふらりと迷い出てくるものではなく、弟子入りが現実的な修得法だ。一応無味乾燥なライブラリと骨がらみになるという手段もあるにはあるが、そんな真面目な作業をできるのならば、折角の四半期休暇にこんな課題を強制されていたりするはずもない。二十一世紀初頭は極めて地味な時代であって、設定修得者の数は滅茶苦茶少ない。まあそのおかげで修得によって得られるポイントも高く、僕などは大変助かるわけだ。

技術の伝達は、本を通してするよりも人間を経由するのがやっぱりどうしたってやりやすい。たとえ彼女がコスモコール・ルックに身を包んで颯爽《さっそう》と大通りを闊歩《かっぽ》するような人物だとしても。ピエール・カルダンは六〇年代の人物じゃないのかという問いに対して、「誰も気にしやしないわよ」と答える種類の相手なのだが、「彼、二十一世紀にもまだ生きていたのよ」とつけ加えるのも忘れない。

彼女と僕らの間にはコムしか存在していない。彼女たちの暮らす宇宙はコムの向こうに広がっている。必要な骨董品を揃えることができたなら、メールも届くし電話も通じる。カメラのレンズ越しに姿を見ることだって当然できる。

それでも彼女は存在しない。いや、存在しないことはないのだが、手に触れ、抱き締められる形では存在しない。それは勿論こちらで義体を用意して彼女がそいつをコム越しに操ることはできるわけだし、実際そうして結婚生活を送っている人たちだって珍しくない。統計的には惑星間結婚件数の百分の一くらいの数字は出ているらしい。

あるとき誰かが気がついたのだ。メールの向こうの人物は、ネットワークの向こうの人物は、実は存在しなかったりはしないだろうかと。誰しもが思いつきそうな疑問なのだが、うち少数がこの疑問を実地の調査で確かめた。存在しないサーバーから、ありもしない番地から、ユートピアからアトピアからアトポスからアンチトポスから湧き出してくるメッセージがこの世にはある。放棄されたデータセンターの幽霊から、雨をすっかり落とし終えたクラウドから、ハザードで壊滅した地域から漏れ出してくる放送がある。

あなたがネットワーク越しにだけやりとりをして、一生決して出会うことのない相手は、いずれもそんな非存在者である可能性が存在しており、その可能性は無視できるほど低くない。初期の調査は全体の通信量の一パーセントが存在しない相手との文通に費やされているという試算をはじいた。百億人の人々の日々のお喋りの一パーセント。

何者かが我々の社会に紛れひそんでいる。

これはそんな話じゃあない。事態がわかりかけてきた頃には、あちらがこちらに紛れると同時に、僕らもあちらに紛れてしまっていたからだ。だからこいつは、異種による侵略というよりは、同種としか思えないのに互いに生殖することのできない隠存種《クリプティック・スピーシーズ》の発見というのが近い。相手がお話の登場人物並にしか存在していないという事情を無視する限りで。

僕らから見て、彼女の属する宇宙はまるで、設定をどこまでも細かく追いかけて行けるフィクションに見える。

だからクィは、ピエール・リヴィエールや、ドメニコ・スカンデッラなんかより、ルイ＝フランソワ・ピナゴよりさえもっと稀薄な存在なのだと言える。少なくともこの人々はかつて存在したという証拠があるから。その一方で彼女の世界はどこまでも突き詰めることができるという点において、僕らが限られた資料から知るしかない過去の世界よりも豊かである。無論あちらの世界でだってテーバイの門を築いたのが誰なのかは既に失われ切った知識なのだが、それは「失われたという設定」なのだ。

　ここで彼女の存在の稀薄さを羨んだり憐れんだりする必要はない。お互い様と言うべきか、彼女たちの方から見れば、僕らの方が存在していないのだから。僕にとって彼女がただのデータであるのと同様に、彼女から見た僕はただのデータだ。ここには二つの宇宙があって、間は糸電話で繋がれている。モナドの窓はビットに対して透明なのだ。僕たちはビットでもって相手が人間かどうかを判定するが、正解もまたビット以外では伝達できない。

　宇宙には裏と表があって、どちらの側でも自分の乗っている方が表面《おもて》だと主張している。

　パラダイスのど真ん中を二十層ほどぶち抜いた巨大なプールの端っこを、僕はエリコの前で契約の箱を背負ったヨシュアのように歩き続ける。ラインを超えてほんの一歩を踏み出すだけで高額のポイントを請求されかねないこの種の施設を僕は歩き慣れていない。金持ちと環境富裕層はまっすぐ祭壇へと進んで、好きに祈りを唱えるのだが、貧乏人は回廊を経《へ》巡《めぐ》らなければならないのがこの地のルールだ。それはできれば僕だって、昔の動画にあるようにタクシーでホテルへ乗りつけるなんてこともやってみたいが、そのためにはもう猛烈なポイントが必要となる。

クレジットは信用だが、ポイントは信用で、ええとどちらも信用なのだが、仕方がないので僕はクィの名を呼ぶ。クィは「この叙述設定では、二百単語以内でその違いを説明する記述はまだみつかってない」とすげない。今の相場は一単語五十セントあたりだったはずだから、興味の向きは自分で購入してみて頂きたい。

プールサイドのデッキチェアで日光浴を満喫しているコンスタンス・ピーターソンの姿は遠方からでも視認できたが、彼女が自分の周囲に高額迷路を張り巡らせていたおかげで、僕はシャルトル大聖堂のラビリンス並の遠大な迂回路を強制された。不可視の線を乗り越えてピーターソンの元へ直行した場合に請求されるポイントは、冗談抜きに僕の年間獲得ポイントを超える。これは勿論、上手い手だ。ピーターソンとしては、自分の姿を見せつけたまま、接近してくる人物の挙動によって相手が物乞いにやってきたのか、懐の温かい生き物なのかを判別できるし、無闇と近寄りたがる奴らを追い払える。高額迷路から得られたポイントは環境保護団体へ自動的に寄付されて、ポイントの再分配の役割も果たす。

ようやく僕がサイドテーブルの横へ立っても、ピーターソンは南方の白い蛾のような大きなサングラス越しに無限の遠方を眺めたままだ。

「ピーターソン博士」という呼びかけにも反応がないのに若干のひるみを覚えつつ、「約束の時間に遅れまして申し訳ありません」とお決まりの台詞《せりふ》を読み上げておく。彼女の一時的か永遠かの午睡を疑ったあたりで、老女はゆっくりサングラスを上げ、丹念に乾燥させたイングリッド・バーグマンのような顔を、サイドテーブルの侍従のようになっている僕へと向けた。

「イシュメイル」

という僕の名乗りにも特に感慨はないらしく、わずかに顎を動かしたのはどうやら領きを示しているらしい。目を細めて人差し指をかすかに揺らす。サングラスの代わりに日蔭をつくれということだろうか、右に二歩ほど動いてみせると、老女は満足したようにまた目を閉じた。

「彼のことを訊きにきたのね」

老女の語りに僕は右耳の穴を押さえる。

「彼って誰だ」

「さあ。わたしは彼女の『メッセージ説』に科学的な興味があると伝えただけなんだけどな。本当は科学的興味じゃなくて異端の科学史的興味だけど、それはわざわざ本人に言わなくてもいいことだし」

　ごくごく初期のコムの理論家で扇動者で教祖でもある女性の昔話を聞いてきてくれ、というのがクィの依頼で、僕の知っている事実関係全てでもある。

「やっぱり君が直接コム越しに話をしたほうが良かったんじゃないのか」

「初対面の相手へのインタビューに、コムを使うなんて無茶なことはしたくない」

　コムはあくまでコムであり、円滑なコミュニケーションを橋渡しするが、円滑にしすぎてとりとめもないという弊害も持つ。情報障壁は物理障壁よりもはるかに薄い。誰かの台詞として語られたならうさんくさい言葉であっても、匿名の情報として提示されるとなぜか確かっぽさを増したりする。気の弱い人物だろうと情報制御管制下では暴君として活動できるし、デコイとしてのアイデンティティを専門家が本気で張ったら、同等以下の能力者にはコム経由で見破る手段は存在しない。

　クィと相談する僕には構わず、老女は続ける。

「わたしはここでもう五十年も待っています。彼は対岸を求めて旅立ちました」

　プールサイドのおばあさんは、対岸へ旅立ったおじいさんの帰りを今日も待っている。ちょっと童話のようではある。

話の展開についていけない僕は老女と並んで視線をプールの向こうへ投げる。下半身丸出しの水着姿で騒ぎ立てる女の子たちを数えつつ、ピーターソンの目にはこのプールの向こう岸が見えているのか思案する。そうしてみてから、ピーターソンには見えていない対岸とは何なのかと考えてみる。

「対岸はあるんですか」

僕は間抜けな問いかけをする。

「バランタインはあると考えました。わたしは対岸はないと思う」

クィが僕の頭の中で息を呑み、

「バランタイン——ジョン・バランタイン」

聞き慣れない名をそのまま棒読みする僕へ、ようやく老女が視線を上げる。表情筋が全く動かず、目だけがまるで生き物に見え僕は思わず身構える。

「そう。コルタサル・パスの提唱者、ジョン・バランタイン。一般的には、メッセージ説を唱えたわたしとは決して相容《あいい》れない論敵同士と見なされていたけれど」

老女の顔がドライトマトのようにクシャクシャになる。

「彼の名前を知っているなら」老女は小さく笑いだす。「お話をすることも可能かも知れません。二つの問いに答えられたら、わたしの部屋へ案内しましょう。まず熱力学のマイナス法則から」

どうぞ、と待ち構えるような沈黙の中、背中に冷たい汗をかきつつ頭に響くクィの声を機械的に復唱する。体が小学《エレメンタリー・シェル》殻時代の詩の暗唱を思い出したか、胃のどこかがかすかに痛む。

・マイナス第一法則：虚構が自律する際に利用できるエネルギーは、それを生み出すのに使われたエネルギーを上回らない。
・マイナス第二法則：一つの現実から虚構を生み出す以外に他の何の変化も引き起こさないサイクルは存在しない。
・マイナス第三法則：虚構の階層を定める基準値はない。

「よろしいでしょう」

とピーターソンは頷いて、

「ではあなたたちは、その三法則のうち、どれが誤りだと考えますか」

「全部」

間髪容れずクィが吐き捨て、僕はそれを老女に伝えて良いかを確認し直す。

ホテルの廊下を、本来の姿を思い出したらしいデッキチェアが変形した多脚椅子が進んでいく。未来惑星からの物体Xの悲劇の舞台みたいなホテルの中では、それ自体がでかい頭のように見えなくもない。こちらを監視しているらしき椅子のレンズを睨みつつ、「失礼ですが」と老女の背中に声をかける。「フリオかオクタビオかのどちらかなのでは」

　老女は多脚椅子の速度を落とさず、

「コルタサル・パスね。パスはPazではなくてPath。経路を指します。時間的閉曲線《CTC》みたいなものを想像してもらえれば良いんだけど」

　とりあえず頭の中でトンビを使ってくるりと輪を描いてみるが、そこから先へはイメージがどうも進まない。旋廻《せんかい》を終えたトンビが地上の蛙に目をつけたあたりで、その連想は断ち切っておく。

「ではあなたのお仲間の視点で見てみましょう」

　こちらの思考を読んだように、老女は変わらず椅子を進める。八本の細い脚がわきわきと蠢く様は生理的な恐怖を呼び起こす。坂道が入り組み切ったこの街では機械支援歩行具は珍しくもない代物だが、八本脚を実見するのははじめてだ。どうもこのデバイスは老女とほぼ一体化している様子で、もう少し背板を倒せば、ドレの煉獄篇に登場するアラーニェのような姿になる。

「あなたの友人は、今わたしたちの行動を書物の中の出来事のように観察している。登場人物たちがホテルの廊下を歩いているかのようにね」

多脚椅子の動きが止まり、一本の脚が伸びてドアノブに触れる。

「そうしてここでドアが開きます」

ドアを開けた脚に促され、僕は本に埋め尽くされた老女の居室へ一歩踏み出す。突き当たりの壁の前には女性が一人。一心に書物のページをめくっている。背後の気配に振り返り、僕の顔を確認するなり小さく一つ息を呑む。

「クィ」と僕は呟いている。そこにいるのは僕の知るクィのイメージだ。白い宇宙服みたいなものを着込んだ細身の女性が開いた本で胸元を押さえてそこにいる。コムを通して見ても奇抜な衣装は、こうしてじかに見てみるとさらに破壊力のある代物だった。なにとなくタイムトラベルもののSFの撮影現場を覗き見してしまったような間の悪さがある。

「違う。その映像はじかに見ているものじゃない」頭の中の方のクィが言う。「それは、あなたが見ている、わたしの見ている、あなたの世界。コムの一部に割り込まれている。

叙述設定の単語置換かなにかのトラップで――」

ドアの閉まる音がして、目の前のクィの姿が掻き消える。ピーターソンは無表情にわたしの横を通り過ぎ、本の山の間を進む。

「別にあなたがたのコムをどうこうしようというつもりはありません。説明のために便利だったから使わせてもらっただけです」

いや、でも、と僕は両手をわたわたと振り回している。

「今のはかなり本物に見えましたよ」

「これが、コルタサル・パスと呼ばれる現象。今わたしがやったのは、コムの多重利用を使ったトリックにすぎないけれど。あなたの見ている彼女の見ているあなたの見ている彼女の見ているあなた、とかいう種類の入り組みに、人間の情報処理系は追随できない。それが何段階の入り組みなのかはどうでもよくなるわけで、そこにつけ込む隙はある。あなたがここへ来るまでに、コムを経由した情報は、コムを二重に経由した情報に置き換えられていて、今あなたが目撃したお友達の姿は、コムを三重に経由したものでした。その間の区別がつかなければ、レイヤーの間に何でも好きなものを仕込むことができるし、これは叙述設定が抱える根本的な欠陥でもある」

老女は魔女のような笑みを浮かべて、

「マイナス第三法則を」

「虚構の階層を定める基準値はない」

僕は答える。

誰かが部屋でとある本を読んでいる。本の中の人物はてくてくと歩き、とある部屋にたどりつく。ドアを開けると、机の前で本を読んでいる自分の後頭部が見える。そんな話がフリオ・コルタサルにはあるのだという。探せばいくらでも類似の話がみつかりそうだし、先行例もあるのだろうが、たまたまその話を好いたジョン・バランタインは、この現象を命名するのにコルタサルの名前を採った。

四枚のドアを立て続けに抜けた部屋の奥、大振りの机の向こうにピーターソンは座を占めた。その背後の壁を走る僕の視線を追いかけて、

「マグリットは芸術とは関係がない、という批評は完全に正しいのです。鬼面人を驚かせ、想像力をむやみやたらとかきたて、存在しもしないものについて考えさせることは芸術の役割では全くなく、あくまで大衆向けの賑やかしであるにすぎない、とね。教養とは、存在するもののありようを過不足なく知ると同時に、存在しないものを存在しないと知り、相手にせずに黙することです。でも、わたしたちにはそんなことはどうでも

良い」

突き当たりには、引き延ばされたらしい絵が一枚。その絵の中では、カーテンの開いた窓の手前にイーゼルが一つ置かれている。イーゼルの上のキャンバスに描かれるのは窓から見えるはずの外界と全く同じ光景だ。だからそのキャンバスはまるで透明であるかのように見える。透明なわけではないとわかるのは、キャンバスがカーテンの手前にかかっている部分にも外の光景が描かれているからだ。森の手前にかかる月みたいに。

「要するにコルタサル・パスっていうのは――」

混乱の続く頭を整理しようと試みる僕へ、ピーターソンは短く答えた。

「コムのこちらとあちらを、コムを経由せずに一本の線でつないだ閉曲線です」

それってつまり――なんなのだ。見かねたらしいクィが割り込む。

「ジョン・バランタインが提唱したのはこの宇宙の形じゃなくて、あるべき宇宙の形。だから思考可能な宇宙論の一つと考えていい。この宇宙で可能な現象を考えるんじゃなくて、ある現象が可能になるには宇宙の形がどうあるべきかの方を考えた。こちらの宇宙の端っこが、そちらの宇宙の端っこと地続きになっているっていう世界観。通常の宇宙論は、こちらとそちらを輪になった帯や皮膜の裏表みたいに扱うけれど、コルタサル・パスが描かれるのは、メビウスの輪みたいにして裏と表が一つながりになっている宇宙」

「なるほど。よくわからないということがよくわかった」

ピーターソンは机の上に大判の本を広げ、手品みたいなものだと前おく。

「本の上に波紋が見えるでしょう」老女がそう語ると同時に、開かれたページの表面に本当に円《まる》く波紋が走る。アルファベットの並ぶ平面が字をそこに乗せたままで波打つ。

「魚です」と彼女は続ける。「そっと見ていて下さい」

息を詰めて見守るうちに、本の上でそいつは跳ねる。一匹が跳ね、二匹が跳ねる。右から左のページへと魚が飛び跳ね、波紋を残して本へと消える。

「今のは――」

「非常に原始的なコム」老女はつまらなさそうに応える。「単純すぎてむしろ忘れられてしまった技術。昔はこうしてコムをバラすことができたし、実地に遊ぶことができた。ラジオみたいに」

言いつつ、もう一冊の本を取り出し、離れた位置に置いて開く。魔法の杖を振るように二つの本をつなぐ円弧を空中に描く。一方の本のページが銀色にざわめき、羽を広げた魚が跳びだす。ミニチュアサイズの架空の飛び魚が次々と二冊の本の間を跳ぶ。

「いや、待って下さい、そんな技術は知らないし、聞いたこともないし、それにすごく問題がある。その飛び魚は向こうのものでしょう。本の中にいる間はまだいいけれど、跳びだしてくるのはまずい。たとえばその飛び魚を空中で捕まえたりしたら」

「コルタサル・パスが形成される」老女は笑い、試してみるかと訊ねるが、僕の返事を待たずに続けた。「無駄なことです。どうして無駄になるかというのは、図書館一杯にためこまれたチオチモリンの性質をめぐる議論や、ジョルダンの閉曲線定理の証明をめぐる迷宮でも追えばわかること。簡単に言えば、あなたが将来的に飛び魚を捕まえることのできる状況では、飛び魚は決して本の中から出てこない。それが自然の法則だから。でもジョンはそれでは満足しなかった」


コンスタンス・ピーターソン。「人間メッセージ説」の提唱者。元は地球外知的生命探査にかかわる研究者だったが、その後、識閾外生命探査へと転身。コム研究を進めるうちに、「人間こそが異知性からのメッセージ」であるという奇抜な説を提唱し野に下って信奉者を周りに集めた。

ピーターソンの説によれば、異星人が今に至るも地球にメッセージを送ってこないのは、単にみかけの問題であるにすぎない。人間が未だにメッセージを受け取っていないのは、人間がメッセージそのものだからなのだとコンスタンスは主張する。

あなたが鼠と話をしたいとしてみよう。数学は宇宙の共通語だから、まず鼠に数学を教えようとは普通ならない。鼠語を学習しようというあたりが適当だ。しかし鼠語とは一体どうやって学ぶことができるのか。鼠の気持ちになれと言われても、そもそも鼠ならぬ人の身では、基本単語を学ぶことさえおぼつかない。それならいっそ、鼠そのものを作ってしまうのはいかがだろうか。清潔さを好む鼠を生産すれば、そいつらは清潔に関する語彙と言説を携えて、同朋の鼠と語り合ったりしないだろうか。それと同じことである、とピーターソンは主張した。

つまり、コムのあちらとこちら、どちらかが人間であり、他方が宇宙人の発信した人間向けのメッセージなのだと彼女は言う。ただそのメッセージはあまりに人間用にチューンされすぎていたために、自分のことを人間なのだと思い込むというおまけもついた。つまりそのメッセージは、相手の方こそメッセージだと主張する程度には賢く設計されていた。

なるほど、人間というのは色んなことを考える生き物だ。

いざ話しはじめると止めどころを見失う性質らしいピーターソンにその後三日ほどほぼ軟禁状態にあわされ、ようやく解放された僕はSSFMoMAの展示室へ戻ってきている。

今僕の前にあるのは、企画展のもう一つの目玉、宝誌和尚立像《ほうしわじょうりゅうぞう》で、これはかつてカリフォルニアの藩王が俳優時代に主演した映画の登場人物にとても似ている。和尚の顔が縦に裂け、十一面火星観音がせり出してきている様はなかなか迫力がある。

「つまりさ」

と右耳の穴に指をあてる。

「ジョン・バランタインは、自説を証明するために彼女を捨てて彼岸を目指して旅立ったってわけだよな」

「違うよ」と溜息とともにクィが言う。

「バランタインは、コムのこちらの側の人間だもの」

僕は頭の中を通過していく三点リーダーを暫く見送り、

「ええとつまり」

「ピーターソンと共同生活していたのは、コム越しに操作されていた義体としてのバランタイン。あんた話聞いてなかったでしょ」

パラダイスでの軟禁中、途中からほとんど寝ていたことは認める。そうしてみるとバランタインの失踪とは、コンスタンス婆さんから逃げるためのものではなくて——。

「それっていい話なんじゃないの」

何かこんな状況にぴったりなことわざが、この叙述設定にはあった気がする。そう「二次元の中に会いに行く」。昔の次元概念は難解極まる。

「手段のことを無視すればね」

「手段」

首を傾げる僕に、クィが溜息を重ねて応じる。

「そりゃ手段は要るでしょ。こっちからそっちに移動しようっていうのに、ただ歩くってわけにはいかないもの。あのあと調べてみたんだけど、バランタインが発明したのは矛盾推進らしい」

「なにそれ」

「虚構推進の一形態で、矛盾を先に繰り延べることで進行していく無限に続く言い訳みたいなもの。小学生のついた嘘並に際限なく拡大していって収拾がつかなくなるのが欠点だけど、バランタインはその抑制手段をみつけたみたい。彼は出かけた。あっちの方へね。そう考えることも不可能じゃない。残っている記録から判断するには——どうも結局、軍に拘束された公算が高いみたいなんだけど。だから厄介」

そんな噂にすぎない超兵器的な代物にいちいち対処を強いられるとは、軍も御苦労様なことだと思う。

「で、その屁理屈で誰がどこに進んで行けるんだ」

クィはちょっと間を置いて、

「メッセージが。論理が。論理ミサイルが。そちらから見たわたしたちは、ただのメッセージにすぎないんだもの。自律する記述が自らの思考の果てへ辿りつき、いつの間にか一周回って半周捩《ねじ》れて、存在の側へと回っているっていうのがバランタインの見た夢。その意味でバランタインとコンスタンスの説は統合できる。まさにその構造こそが、異知性が別の異知性に投げているメッセージの内容なんだって考えればね。メッセージの受け取り手が人間である必要は別にないわけだし」

「そりゃ素敵だね」

と言ってみる。一応尋ねる。

「もしも、バランタインがコンスタンスのもとへ本当にやってこられたらの話だろう」

「二人の説は、歴史の中で忘れ去られた理屈。結局未だに何を証明することも実現することもできずにいるから。コンスタンスは社会的に成功したけど、それはメッセージ説が立証されたからじゃなく、ローカルな教祖みたいな立場になっただけだし」

「妄想科学史を書くなんて仕事、楽しいのか」

妄想じゃなく異端科学史だし、仕事ではなく趣味だと言い直されるが、妄想と異端の違いが僕にはこう、いまひとつどうもわからない。

「コムを巡る学説は、もともと理屈だけで決められるものじゃないんだな。極端な喩えになるけど、多数決で自然法則を決めていくようなゲームに近いんじゃないかと思ってるわけ」

ふうん、と僕は答えておく。

「ねえ」とクィ。「そんな経路があったとして、わたしに会ってみたいと思う」

どうだろう、と真面目に考え込んだ僕の耳にクィの笑い声が響いた。


その晩、僕は夢を見る。そこでは布とロープからなるとてつもなく入り組んだ何かが聳《そび》え立ち、そのどこかでは僕がやあと帽子を上げている。あるいは地下室から出てきたあなたが表通りへと続くドアを開けると、敷居の向こうはいきなり海になっていて、落っこちかけたあなたの腕を僕ががっしり摑まえる。あなたの視野の端の方から、帆とロープの絡み切ったひとつの山が滑り出てくる。
U.S.S.トゥ《T》・ブラザーズ《B》。それがこの帆船《ふね》の名前だ。
乗船の義務などあるはずもなく、下船も自由だ。降りる港がある場合には。給金は艦長が航海を終えると決める時点まで支払われない。TBはれっきとした目的を持ちコムの海を行く戦闘艦で、白紙の本を追いかけている。

いやそれは、当然白紙の本なんていうものじゃない。あなたは書棚からこの本を取り出し開く。そこには何の文字も見えない。この内容が見当たらない。あなたはひとつ首を傾げて本の表裏をひっくり返し、カバーや表紙を確認してみる。もう一度ひっくり返し直してみるが、ここに並んでいるべき文字はやっぱり全然見当たらない。誰かが本の中身を入れ替えたのか。それとも文字が逃げ出したのか。ページを撫ぜるあなたの指は、白紙のページがゆるやかに「流れている」ことに気がつく。ページの輪郭自体は全く動いていないのに。どちらへとは曰く言い難く、あらゆる方向へと流れていることに気がつく。あなたは本の白紙の表面が、何かの巨大な生き物の表面なのだとわかりはじめる。何か「大きく」、「白い」ものがまさにそこで「息づいている」のを感じはじめる。高速で「あっちの方へ」泳ぎ続けているのがわかる。長い長い貨物列車の通過を待つ踏切の前に立つように、その本がしばらく白紙であり続けるのを見ている。

僕たちはその白く巨大な獣を追いかけている。当然獣ということになる。無論そいつは魚なんかじゃありゃしないのだ。

「どんな夢を見た」

と傍らの人物が問う。

銛《もり》を手にした、顔に模様を描いた男がこちらを見ている。

「クィークェグ」

そう言って、忘れたのかと問うように男は自分の顔を指さす。

「イシュメイル」

と僕も自分で確認するようにして名乗っている。そう、それが無論、僕の名前だ。

あらためて僕はあなたに向けて一礼しておく。今すぐ港に向けて駆けだすならば、乗船にはまだ間に合うはずだ。

解　説

レビュアー
香月祥宏

円城塔は、二〇一二年「道化師の蝶」（講談社／同題短篇集収録）で第一四六回芥川賞を受賞した。本書は、その直後に〝芥川賞受賞第一作〟として刊行された短篇集の文庫化である。文庫化にあたり、単行本未収録の短篇「コルタサル・パス」が新たに追加されているので、ハードカバー版の読者もどうぞお見逃しなく。

本書に収録されているのは、二〇〇八年から二〇一二年までに発表された全十篇。〈SFマガジン〉のような専門誌掲載作から〈モンキービジネス〉〈界遊〉など個性的な雑誌に寄せられた小品、さらにはCDのブックレット用に書き下ろされた異色の連作まで、さまざまな作品がそろっている。まさに円城塔のショーケースと言うべき作品集で、筋金入りのファンはもちろん、芥川賞をきっかけに読み始めた人や、これから円城塔を読んでみようという人にもおすすめの一冊だ。

さて、円城作品に対しては、二〇〇七年のデビュー以来「わからないけどおもしろい」という評言が常套句のように使われてきた。

この「わからない」を解きほぐし「わかりやすくておもしろい」にするのが、本来こういった解説の役目かもしれない。しかし、円城作品は必ずしもすべてを理解しなければ楽しめないという類のものではない。むしろ、作中にちりばめられた大量の知識や仕掛けを読者が完全に解き明かすのはほぼ不可能だろう。できるとすれば作者本人だけ――ということで書かれたのがたぶん「What is the Name of Rose?」（ハヤカワ文庫JA版『Boy's Surface』巻末書き下ろし〝解説〟）なのだろうが……正直、やっぱりわからない。結局、そのわからなさも含めて楽しむことが、円城作品を味わうコツということになりそうだ。

そこでここでは、円城作品がどうして「わからない／けどおもしろい」のかを考えながら、本書の収録作を読んでみようと思う。

円城作品においてあらすじはあまり重要ではないが、読み慣れない読者のための手助けも兼ねて、以下各篇の内容を紹介していく。本文未読の方はご注意を。各タイトルの下には、初出誌及び初出年を記した。

「パラダイス行」〈真夜中〉第九号（二〇一〇）

街から戻ったジャン＝ジャック・パラダイス氏は、裏山に建てた小屋で暮らしている。理由は、ないものが見えるようになってしまったから。そんな氏が住む裏山には「9」みたいな形の通路がある。夏休みにいろんなものを測定していた〝僕〟は、パラダイス氏に頼まれて通路の長さを測定することになった。ところが、どんなに正確に測っても、右回りと左回りで毎回少しずつ長さが違うのだ。

円城作品の「わからなさ」の原因のひとつは「分けにくさ」だ。SFと純文学、アイデアとストーリィ、キャラと設定、主人公と脇役……外見上も内容的にも既存の要素に分けにくいので、結果的に語りにくく、分かりにくくなる。しかしこのレベルの分けにくさについては、越境とか融合とか前衛とかメタとか、さらなる分類を持ち込むことでいったん落ち着かせることができる。

ところが、すでに読者が分けた＝分かったつもりの事柄についても、時に容赦なく斬り込んでくるので油断ならない。例えば本篇の書き出しは〝右があるって信じるならば、左もあると信じるべきだ〟。右左なんて今さら〝信じるならば〟と言われても困るレベルの区別だが、こんな隙間にも、高い冗長性と鋭さを併せ持つ文章で巧みに入り込む。わかっているつもりのことを理屈と言葉遊びで混ぜっ返し、わからなくしてしまう。

なお、こうした一種の前口上は、円城作品の特徴のひとつ。意外と重要なことが書いてあることも多いのだが、本筋はだいたいその後から始まるので、最初から身構えずに、再読時に改めて楽しむくらいの気持ちで読み始めるのがいいだろう。


「バナナ剝きには最適の日々」『SF本の雑誌』（本の雑誌社／二〇〇九）

宇宙人を判定するために無人探査機に搭載された高度機能中枢の〝僕〟。しかし地球を出発してこのかた、生命らしきものとはまったく出会っていない。航海中に起こったことを記録するのも仕事なのだけど、特筆すべきことも起こらない。暇で仕方がないので、僕はチャッキーという想像上の友人を作って退屈をしのいでいた。しかし事故による本体損傷のため、重要度の低いチャッキーについての記憶は丸ごと消去。新しい友人を想像するのにもうんざりして、いまはバナナ星人と遊んでいる。

サリンジャーの短篇「バナナフィッシュにうってつけの日」を思わせるタイトルがついているが、内容はジェイムズ・イングリス「夜のオデッセイ」に連なる無人探査機ものバリエーション。道具立てからして非常にSFらしいSFだ。また、旅の半ばで友人を失い、しかもその友人に関する記憶を一方的に抹消された語り手の立場に思いを馳せれば、感情・感傷的な読みも許容する。本書中でいちばんとっつきやすい作品だろう。

もちろん、作者ならではのわからなさとおもしろさも随所に発揮されていて、とくにおかしいのはバナナ星人のくだり。〝僕〟が想像するバナナ星人は、皮が三枚に剝けるか四枚に剝けるかで激しく対立している。ところがこの三枚皮族と四枚皮族、バナナ星人が死んで実際に皮を剝いてみないとどちらに属するのか正確にはわからない。分からない＝分けられないものを分けて、想像の中でこねくり回して遊ぶ。このエピソードには、円城作品の「わからないけどおもしろい」が凝縮されている。

「祖母の記録」〈モンキービジネス〉Vol.3・5（二〇〇八）

祖父が地下に増築したホームシアター。しかし祖父はそこへ向かう急階段から転落し、全身不随になってしまった。孫の〝僕〟は、もの言わぬ寝たきりの祖父を弟とともに夜の道路へと連れ出す。祖父を被写体とした齣撮り映像を撮るためだ。夜の路面に横臥し、疾走、大ジャンプ、ターンなど大技を次々と繰り出す祖父。これだけのことができるなら、そろそろ敵が必要なのじゃないか。弟がそんなことを言い出したとき、僕らは彼女の存在に気がついた——。

身体の不自由な祖父を孫たちが夜ごと担ぎ出し、路上で姿勢を変えさせて齣撮りし、超人的な映像に編集する。やっていることは悪趣味でグロテスクなのに、妙にさわやかな読後感を残す、不思議な老人／青春小説。

語り手の〝僕〟は、祖父とのコミュニケーション手段として、指を一回握ればイエス、二回ならノー、という信号を取り決めている……というのだが、実はこれ、僕が一方的に決めたこと。問いに対して祖父は三度握り返してきたりすることもあり――〝なあ、じいさん、それじゃ全然わからないんだよ〟。そりゃそうだ、という話なのだが、「わからない」ことが巧みにおもしろさに転化されている。

どう見ても「祖父の記録」として始まる話が、どうやって「祖母の記録」になるのかというのも読みどころだ。

「AUTOMATICA」〈界遊〉004号（二〇一〇）

文章の自動生成についての考察で、〈界遊〉の星野しずる（短歌の自動生成プログラム）特集に掲載されたもの。小説というよりはエッセイの体裁だが、具体的な方法やツールについての言及がほとんどなく、自動生成一般についての思索だけで展開されるという点で、作者の小説に通じる読み味だ。

文章について考えるとき、登場する人物は二人——読まれる者と読む者。書物は情報を保持するものだと通常言われるが、その情報とは読まれる者と読む者の間の相互作用として出現する。つまり文章の自動生成について考えるならば、両者の間で交流している作用の記述と、その実行系が必要だということになる。このあたりがとりあえずの出発点。情報の保持について極限の一例に分けて詳しく解説し、なるほどわかってきたか も……というところで〝残念ながらその極限は、この世で実現されることはなさそうです〟とあっさり言ってしまうのが作者らしい。思考実験としてはおもしろいけど、けっきょく分けられない＝分からない、のだ。

そして、読者がちゃんと分けている＝分かっている（と思っている）情報をひっかき回す仕掛けが本作全体にも施されている。

「equal」agraph『equal』（キューンレコード／二〇一〇）

agraphの同名アルバムのブックレットのために書き下ろされた作品。透明、水、決めごと、かたち、音、大きさ、曲……といったイメージが盛り込まれた全十八パートから成る。媒体を意識してだろう、常にも増して一意に落とし込むのが難しい掌篇が並んでいるが、細部の味わいは濃厚。雰囲気に浸りつつ、自分の好きなフレーズを見つけるように読むといい。音楽を聴きながら、あるいは音楽を聴くように。「わからない」円城作品ならではの相互作用が、音楽との間に生まれてくる。

agraphは、電気グルーヴや石野卓球のサウンド・エンジニアも務めている牛尾憲輔のソロユニット名。円城塔とは面識があったわけではなく、その作品の「わからなさ」に「ディスコミュニケーション」という自らの興味と重なるものを感じて、執筆を依頼したという。円城塔が脚本家として参加するアニメ『スペース☆ダンディ』にも曲を提供。再びのコラボを果たしている。

「捧ぐ緑」〈モンキービジネス〉Vol.12(二〇一一)

〝わたし〟はゾウリムシの研究者だが、研究内容を説明する時に専門用語を使ったりはしない。「ゾウリムシは信仰を持つか調べています」「ゾウリムシに魂があるとしますね」。そんな感じのほうが遙かに通りが良いし、話も弾むからだ。進化の実験をしているわたしが使うのは、寿命が短いゾウリムシの集団。そんな短命のゾウリムシは、通常に比べて思弁的な運動、例えば解脱を試みたりとか、そういうことはしないのか——研究発表で、こんな問いかけをした質問者がいた。

近年、理系の研究者や研究室を扱ったミステリや恋愛小説が人気だが、本篇は円城版の理系恋愛小説、かもしれない。学会で発表者と質問者として出会った二人の会話が継続していて、場所だけが布団の中に移動している。そんな感じだけれども。

専門外の人に向けた茶飲み話のタネだったはずのゾウリムシの輪廻や解脱といった話題が、質問者の存在によっていつのまにか主題に躍り出る。科学的な方法論に宗教論な語彙が重ね合わされるが、単純に一方を一方の比喩として説明するような語り方を避けているため、とくにわかりやすくはなっておらず、やはり独特の「わからなさ」が立ち上がる。


「Jail Over」『Fの肖像　フランケンシュタインの幻想たち』（光文社文庫／二〇一〇）

かつて、沢山の鼠の頭を割り腹を裂き、それを組み換えて人型にまとめたことがある〝わたし〟。異端の研究をなした罰として牢に入れられたわたしの前には、わたしの背中。牢の中に撒き散らされたわたしの実験道具の中に立つ、縫い痕だらけの裸の背中。それはわたしが造った者か。あるいはわたしの妄想なのか。それとも、わたしのほうが妄想の中の存在なのか……。

初出は、フランケンシュタインの怪物をテーマにした《異形コレクション》シリーズの一冊。近年は怪談実話のアンソロジーにも寄稿している作者だが、二〇一〇年発表の本篇は実質的なホラー初挑戦作と言っていいだろう。

ここでわからなくなってしまうのは「わたし」。ホラー・アンソロジー収録作ということで、そのわからなさを理屈で追求する（または屁理屈で混ぜっ返す）のではなく、残酷童話や創世神話を絡めた不穏なテイストで包み込む。「わからない」はそのままに「けどおもしろい」部分を、怪奇幻想の味付けで表現しようとする試みだ。

「墓石に、と彼女は言う」〈界遊〉005号（二〇一一）

〝わたし〟という意識の形は特別なのだと、わたしの恋人は言う。わたしの意識は一つの宇宙の中に収まりきれず、複数の宇宙を飛び移っているらしい。数多の可能な宇宙と接する一つの包絡線。「君という存在は、それら可能な宇宙に存在する無数の君を刹那刹那に渡り歩いている君なんだ」。でも、わたしがこの現象を理解していられる時間はとても短い。また次の宇宙へと旅立ってしまうから。

本作の〝わたし〟は独特な存在。この語り手も可能世界に沿った形で分かれられない＝分からないものだが、一読しただけでその在りようを理解するのは難しいかもしれない。手がかりになるのは、作中に登場する〝包絡線〟という言葉。一読して「わからない」話でも、鍵になる部分を構造的に垣間見せて「けど（何かわかりそうで）おもしろい」から読ませてしまう。そんなほのめかしの巧さも、円城作品の魅力のひとつだ。

「エデン逆行」〈SFマガジン〉二〇一〇年二月号

時計の街の中心部に立つ時計塔は厚みを持たない直線であり、六面に四時間ずつずらした長針が貼りついている。時計の周囲を、人の方が回って過ごす。中心部からは六本の道が螺旋状に伸びている。しかし、中心部まで歩くには無限の時間が必要であり、そこから出てくることも辿りつくことも叶わない。また時計の街では、女の子は皆、母方の祖母と同じ人物であり、男の子は皆、父方の祖父と同じ人物である。〝わたし〟もまた祖母であり、わたしが生まれるまでの祖母たちの記憶をそっくりそのまま受け継いでいるのだ。

背後に数学的な世界の広がりを持つ幻想SF。滅びの予感をはらむ、特殊な構造と奇妙な規則に支配された街——という舞台設定は、山尾悠子など一流のファンタジストのそれを思わせる。

完全な直線の時計塔、通り抜けられない螺旋の道、受け継がれる祖母の記憶、繰り返し分冊される『シェルピンスキー＝マズルキーウィチ辞典』……など、思わせぶりな要素が多く盛り込まれているが、作中にひと通りの説明はある。むしろわからないのは、これらがどうつながっているのか、この裏にどんな構造が隠れているのかというところ。しかし理屈だけで読ませるタイプの作品ではないので、本篇の場合そのわからなさは必ずしも瑕疵になっていない。そして「わかろう」とすればするほど、ラストが利いてくる。

「コルタサル・パス」〈SFマガジン〉二〇一三年四月号

僕は課題として「二十一世紀初頭の叙述設定」を選択した。教師役のクィは、異なる宇宙に属する自称二十代前半の女性。彼女とはコムでつながっているだけなので、僕にとってクィは高度に発達した登場人物でありただのデータなのだが、それはお互い様ということになる。コムは端末を必要としない計算&情報交流の仕組みで、異なる宇宙の住人ともつながることができるのだ。僕はクィの指示で、コムの理論家である老博士ピーターーソンに会いに行くことになった。

単行本未収録の本文庫向けボーナス・トラック。〈SFマガジン〉初出で「初夏に開始予定の新連載のプロローグ」として掲載されたもの。しかし諸事情によりこの連載開始が見送られたため、今回の収録となった。

通常、未完長篇のプロローグだけならあくまでもオマケに留まるところだが、本篇は違う。コムという設定を持ち込むことで虚構と現実の境目を分けられなく＝分からなくする作者らしい舞台設定に、コルタサル・パス、人間メッセージ説という大ネタを立て続けに投入。読切短篇としても十分に読み応えのあるものに仕上がっている。

これが単独で文庫に入ったということは〈SFマガジン〉の連載自体がなくなってしまったのか……というとそんなことはないのでご安心を。二〇一四年四月号から、本篇とは別の新連載『エピローグ』がスタートしている。しかも、その連載第一回の章題が「プロローグ」。相変わらずのわかりにくさで、期待が高まる。

以上、円城作品のわからなさとおもしろさについて考えながら、収録作をひと通り紹介してみたが、どうだろうか。もちろん、そもそも「わからない」のだから正解はない。読者一人一人が、それぞれのわからなさとおもしろさを見つけるきっかけ程度に考えてもらえばいいだろう。

ところで、本書のハードカバー版には「どちらかというとわかりやすい最新作品集」という帯がついていた。確かに、比較的読みやすい作品が並んではいる。しかしこれを

「わかりやすい」と言われると、ちょっと待ってくれという人もいるはずだ。「わかりやすくておもしろい」とは決して言えない。でも「わからないけどおもしろい」は言われ尽くしている。かといって「わからないからおもしろい」と言えるほどナンセンスでもない。

それでもあえて本書に、他の円城作品との差別化を図るキャッチコピーをつけるなら――『なぜ『わからないけどおもしろい』と感じるのかがちょっとわかる（かもしれない）作品集」といったところに落ち着くんじゃないだろうか。

そうは言っても、わからないのはやっぱり不安、という生真面目な方のために、本書収録作「捧ぐ緑」から次の一節を引いて終わりにしよう。

わからないのだから悩みすぎても仕方がない。何かがわからないのなら、好きにつくってしまえば良いのだ。

このバラエティ豊かな全十篇の中から、あなたなりの「わからないけどおもしろい」が見つかりますように。

本書は、二〇一二年四月に早川書房より単行本
として刊行された作品を文庫化したものです。

Self-Reference ENGINE

円城　塔

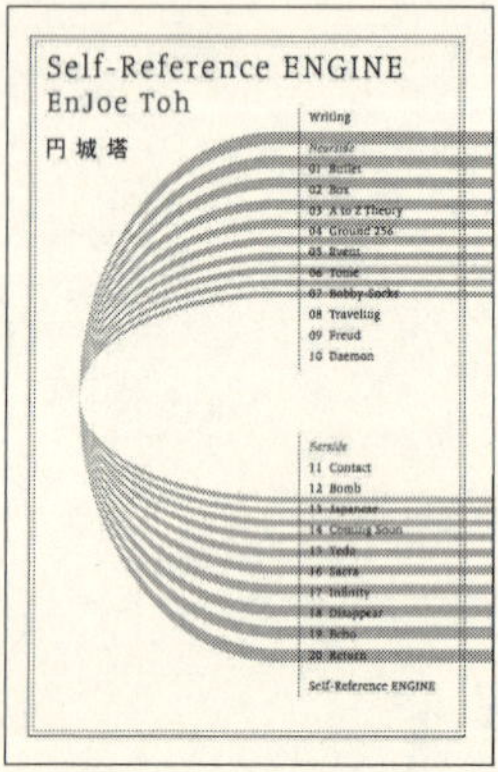

彼女のこめかみには弾丸が埋まっていて、我が家に伝わる箱は、どこかの方向に毎年一度だけ倒される。老教授の最終講義は鯰文書の謎をあざやかに解き明かし、床下からは大量のフロイトが出現する。そして小さく白い可憐な靴下は異形の巨大石像へと果敢に挑みかかり、僕らは反乱を起こした時間のなか、あてのない冒険へと歩みを進める——驚異のデビュー作、二篇の増補を加えて待望の文庫化

ハヤカワ文庫

Boy's Surface

円城 塔

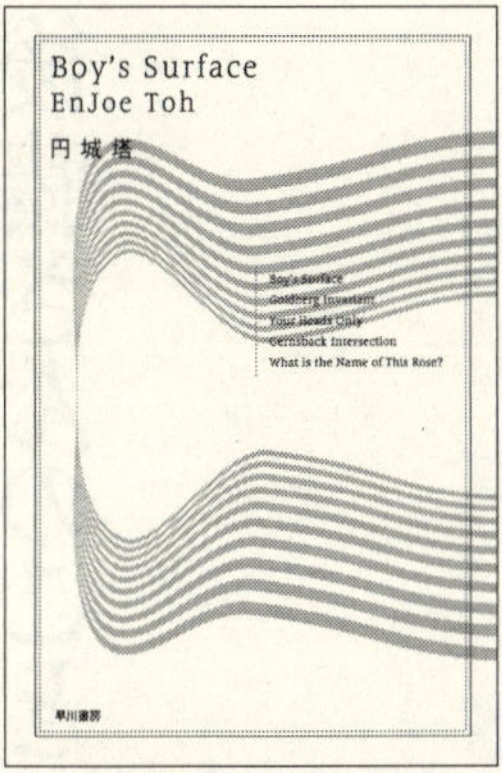

とある数学者の初恋を描く表題作ほか、消息を絶った防衛線の英雄と言語生成アルゴリズムについての思索「Goldberg Invariant」、読者のなかに書き出し、読者から読み出す恋愛小説機関「Your Heads Only」、異なる時間軸の交点に存在する仮想世界で展開される超遠距離恋愛を描いた「Gernsback Intersection」の四篇を収めた数理的恋愛小説集。著者自身が書き下ろした〝解説〟を新規収録。

ハヤカワ文庫

後藤さんのこと

円城　塔

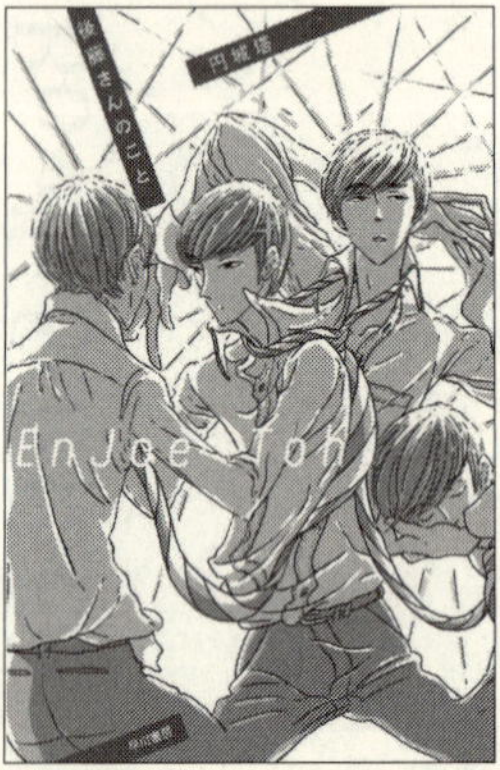

さまざまな「後藤さん」についての考察が、いつしか宇宙創成の秘密にまでたどりつく表題作ほか、百にもおよぶ断片でつづられる、あまりにも壮大であっけない銀河帝国興亡史「The History of the Decline and Fall of the Galactic Empire」、そしてボーイ・ミーツ・ガール＋時間ＳＦの最新モデル「墓標天球」まで、わけのわからなさがやがて読者を圧倒的な読書の快楽に導く、全6篇＋αを収録。

ハヤカワ文庫

know

野﨑まど

超情報化対策として、人造の脳葉〈電子葉〉の移植が義務化された二〇八一年の日本・京都。情報庁で働く官僚の御野・連レルは、あるコードの中に恩師であり稀代の研究者、道終・常イチが残した暗号を発見する。その啓示に誘われた先で待っていたのは、一人の少女だった。道終の真意もわからぬまま、御野はすべてを知るため彼女と行動をともにする。それは世界が変わる四日間の始まりだった。

ハヤカワ文庫

次世代型作家のリアル・フィクション

マルドゥック・スクランブル
The 1st Compression——圧縮〔完全版〕
冲方 丁

自らの存在証明を賭けて、少女バロットとネズミ型万能兵器ウフコックの闘いが始まる。

マルドゥック・スクランブル
The 2nd Combustion——燃焼〔完全版〕
冲方 丁

ボイルドの圧倒的暴力に敗北し、ウフコックと乖離したバロットは〝楽園〟に向かう……

マルドゥック・スクランブル
The 3rd Exhaust——排気〔完全版〕
冲方 丁

バロットはカードに、ウフコックは銃に全てを賭けた。喪失と安息、そして超克の完結篇

マルドゥック・ヴェロシティ 1〔新装版〕
冲方 丁

過去の罪に悩むボイルドとネズミ型兵器ウフコック。その魂の訣別までを描く続篇開幕！

マルドゥック・ヴェロシティ 2〔新装版〕
冲方 丁

都市政財界、法曹界までを巻きこむ巨大な陰謀のなか、ボイルドを待ち受ける凄絶な運命

ハヤカワ文庫

次世代型作家のリアル・フィクション

マルドゥック・ヴェロシティ3〔新装版〕
冲方 丁
都市の陰で暗躍するオクトーバー一族との戦いに、ボイルドは虚無へと失墜していく……

ブルースカイ
桜庭一樹
あたし、せかいと繋がってる——少女を描き続ける直木賞作家の初期傑作、新装版で登場

サマー／タイム／トラベラー1
新城カズマ
あの夏、彼女は未来を待っていた——時間改変も並行宇宙もない、ありきたりの青春小説

サマー／タイム／トラベラー2
新城カズマ
夏の終わり、未来は彼女を見つけた——宇宙戦争も銀河帝国もない、完璧な空想科学小説

零式
海猫沢めろん
特攻少女と堕天子の出会いが世界を揺るがせる。期待の新鋭が描く疾走と飛翔の青春小説

ハヤカワ文庫

神林長平作品

敵は海賊・海賊版

海賊課刑事ラテルとアプロが伝説の宇宙海賊匈冥に挑む！　傑作スペースオペラ第一作。

敵は海賊・猫たちの饗宴

海賊課をクビになったラテルらは、再就職先で仮想現実を現実化する装置に巻き込まれる

敵は海賊・海賊たちの憂鬱

ある政治家の護衛を担当したラテルらであったが、その背後には人知を超えた存在が……

敵は海賊・不敵な休暇

チーフ代理にされたラテルらをしりめに、人間の意識をあやつる特殊捜査官が匈冥に迫る

敵は海賊・海賊課の一日

アプロの六六六回目の誕生日に、不可思議な出来事が次々と……彼は時間を操作できる!?

ハヤカワ文庫

神林長平作品

敵は海賊・A級の敵

宇宙キャラバン消滅事件を追うラテルチームの前に、野生化したコンピュータが現われる

敵は海賊・正義の眼

純粋観念としての正義により海賊を抹殺する男が、海賊課の存在意義を揺るがせていく。

敵は海賊・短篇版

海賊版でない本家「敵は海賊」から、雪風との競演「被書空間」まで、4篇収録の短篇集。

永久帰還装置

火星で目覚めた永久追跡刑事は、世界の破壊と創造をくり返す犯罪者を追っていたが……

ライトジーンの遺産

巨大人工臓器メーカーが残した人造人間、菊月虹が臓器犯罪に挑む、ハードボイルドＳＦ

神林長平作品

あなたの魂に安らぎあれ
火星を支配するアンドロイド社会で囁かれる終末予言とは!? 記念すべきデビュー長篇。

帝王の殼
携帯型人工脳の集中管理により火星の帝王が誕生する――『あなたの魂～』に続く第二作

膚《はだえ》の下 上下
無垢なる創造主の魂の遍歴。『あなたの魂に安らぎあれ』『帝王の殻』に続く三部作完結

戦闘妖精・雪風〈改〉
未知の異星体に対峙する電子偵察機〈雪風〉と、深井零の孤独な戦い――シリーズ第一作

グッドラック 戦闘妖精・雪風
生還を果たした深井零と新型機〈雪風〉は、さらに苛酷な戦闘領域へ――シリーズ第二作

ハヤカワ文庫

神林長平作品

狐と踊れ〔新版〕
未来社会の奇妙な人間模様を描いたSFコンテスト入選作ほか九篇を収録する第一作品集

言葉使い師
言語活動が禁止された無言世界を描く表題作ほか、神林SFの原点ともいえる六篇を収録

七胴落とし
大人になることはテレパシーの喪失を意味した――子供たちの焦燥と不安を描く青春SF

プリズム
社会のすべてを管理する浮遊都市制御体に認識されない少年が一人だけいた。連作短篇集

完璧な涙
感情のない少年と非情なる殺戮機械との時空を超えた戦い。その果てに待ち受けるのは？

ハヤカワ文庫

神林長平作品

太陽の汗

熱帯ペルーのジャングルの中で、現実と非現実のはざまに落ちこむ男が見たものは……。

今宵、銀河を杯にして

飲み助コンビが展開する抱腹絶倒の戦闘回避作戦を描く、ユニークきわまりない戦争SF

機械たちの時間

本当のおれは未来の火星で無機生命体と戦う兵士のはずだったが……異色ハードボイルド

我語りて世界あり

すべてが無個性化された世界で、正体不明の「わたし」は三人の少年少女に接触する——

過負荷都市《カフカ》

過負荷状態に陥った都市中枢体が少年に与えた指令は、現実を〝創壊〟することだった!?

ハヤカワ文庫

神林長平作品

猶予の月 上下

姉弟は、事象制御装置で自分たちの恋を正当化できる世界のシミュレーションを開始した

Uの世界

「真身を取りもどせ」――そう祖父から告げられた優子は、夢と現実の連鎖のなかへ……

死して咲く花、実のある夢

本隊とはぐれた三人の情報軍兵士が猫を求めて彷徨うのは、生者の世界か死者の世界か？

魂の駆動体

老人が余生を賭けたクルマの設計図が遠未来の人類遺跡から発掘された――著者の新境地

鏡像の敵

SF的アイデアと深い思索が完璧に融合しあった、シャープで高水準な初期傑作短篇集。

ハヤカワ文庫

著者略歴　1972年北海道生，作家
著書『Self-Reference ENGINE』『Boy's Surface』『後藤さんのこと』『エピローグ』（以上早川書房刊）他多数

HM=Hayakawa Mystery
SF=Science Fiction
JA=Japanese Author
NV=Novel
NF=Nonfiction
FT=Fantasy

バナナ剝《む》きには最適《さいてき》の日々《ひび》

〈JA1150〉

二〇一四年三月十五日　発行
二〇二四年七月十五日　三刷

（定価はカバーに表示してあります）

著者　円《えん》城《じょう》塔《とう》
発行者　早川浩
印刷者　大柴正明
発行所　株式会社　早川書房
郵便番号　一〇一‐〇〇四六
東京都千代田区神田多町二ノ二
電話　〇三‐三二五二‐三一一一
振替　〇〇一六〇‐三‐四七七九九
https://www.hayakawa-online.co.jp

乱丁・落丁本は小社制作部宛お送り下さい。
送料小社負担にてお取りかえいたします。

印刷・株式会社亨有堂印刷所　製本・株式会社明光社
©2012 EnJoe Toh　Printed and bound in Japan
ISBN978-4-15-031150-6 C0193

本書のコピー、スキャン、デジタル化等の無断複製は著作権法上の例外を除き禁じられています。

本書は活字が大きく読みやすい〈トールサイズ〉です。